白いカラスとミコの護符

上巻

続編

堂夢真子

Mako Domu

文芸社

（あらすじ）

時代は移り変わっても自然の流れは変わらない。そんな月日が流れてハヤミは大学生となり白いカラスの問いかけから物語りは始まる。

「守ってどうする？」

そしてそれらは東西南北の獣神《じゅうしん》の出現により、大学生活を送りながら町の結界へと結びつく。ハヤミ家《け》の始まり、その先へと物語りは流れていく。

二月の梅《うめ》の花見。三月の雛祭《ひなまつ》りを過ぎて、四月十四日の地震へと流れていく。

アズミタカシ。オキノケイスケ。ツガワセイイチロウ。それぞれの想いが交差する。

現実《リアル》なイケガミシノブがハヤミに手を伸ばす。女子大生のシノハラミスズが嫉妬《しっと》をする。ヨシノサクラコは否定《ひてい》をした。そんな日常生活の足《あし》の下《した》では、自然エネルギーが動いていた。そして四月十六日未明にそれは来た。

地震が来た。お城《しろ》が無残《むざん》な姿を曝《さら》す。それでも人間《ひと》は生《い》きていく。

そして、約束は未来へと繋がっていく。

あらすじ、終わり。

土地《とち》の神子《みこ》を務《つと》めるハヤミ家《け》の古い書物のなかに、こんな一説があった。

〝自然と共に生きよう。

変事あらば身をもち証明いたそう〟

それらの記実は三百五十年ほど昔の戦国の世に書かれたものだ。そして時代は流れ二十一世紀に入り震度七《しんどなな》という大きな地震が町をおそった。それらはまるで地震専門家たちが告げた周期《しゅうき》を立証するかのように町は大きな揺れに二度襲《おそ》われた。

そんななかで、大学二年生のハヤミの物語りは地震が起こる三年前の白いカラス（ジンクス）との遭《そう》遇《ぐう》からすでに始まっていた。

愛用の自転車のペダルを踏むハヤミは大学の帰り道だった。まだ肌寒い林の通学路を自宅に向け、さっそうとして走るハヤミに声をかけるものがいた。

「守ってどうする？」

ふってわいたその声は、三年ほど前の夏の時期に誤ってケガを負わせた白いカラスだ。

その白いカラスがハヤミの前に現れ来て、不思議そうにして続き尋ねて、言った。

「胸の護符を外したらどうだ？　額《ひたい》に刻まれた封印のせいでさぞ息《いき》苦しいのであろう？　それに、すべてを投げ出し楽になろうという考えにはまだならないのか？」

などという話を聴かされる。ハヤミは首を横に振り、自転車のペダルをこいだ。その田舎道《いなかみち》の上空を白いカラスが飛んで行く。それを確認したハヤミはペダルをこぎながら思った。何が言いたいのか？さっぱり分からない。そう思うハヤミは田舎の通学路を急ぎ自宅へと向かう。そんなハヤミと先に飛んで行った白いカラスとのやり取りは、三年前に始まった。


森に帰した最初の頃《ころ》はまるで針で突いたかのようにカァカァと騒《さわ》がしいものだった。一年の月日がたち白いカラスがヒトの言葉を喋るようになった。まるでオウム返しのようにハヤミを名指しで呼び止め、流れでる失言の数々には手を焼いた。そして三年目に当たる今ではヒトの言葉を手足のように繰り、話の主張をするまでになっていた。

そんな白いカラスの声を住み込み家政婦のマキさんの耳に入《はい》れば大騒ぎになる。そのためハヤミはマキさんに対して、アハハハと誤魔化《ごまか》してきたのだ。しかしそれもどこまで通用をしてくれるものなのか？　心不安に思うハヤミは隠しごとに対して疲れを感じるようになっていた。

そんな足取りも重く辿り着いた母屋《おもや》の玄関を見て、吐息まじりに告げた。

「ただいま戻りました」

言いながら玄関の引き戸を開《ひら》き、愛用の自転車をフローリングに上げ停《あと》める。そこに少し慌てた様子のマキさんが来て、ハヤミに尋ね、言った。

「若君さま。どうなされました？　予定では外食を済ませてお戻りになられると伺っておりましたけれど。お相手の女性の方様《かたさま》と何かトラブルでも……」

そこまで言い。ハヤミに驚き、目をパチクリとさせた。そんなマキさんの反応に首を振り、あらたまるようにしてハヤミは答え、言った。

「理由は知らない。だけど本人は現れずにみごとに約束をスッポカされたのはボクのほうだよ？」

言いながらハヤミは思った。どデカい図体《ずうたい》をさらす龍《りゅう》の気配がヒトを引き放すのだろう。何故なら龍の目的が、ハヤミの中《なか》にある輝《かがや》き（たましい）だというのだからジョーダンではない。ハイそうですかと手放しで渡せるほど己《おのれ》の人生に満足をしてはいない。学生になり考古学に化学・物理学に超自然現象とサークルをめぐってはみたものの、謎の解明にはほど遠く。満足のいく解答は得られていない。そんなハヤミは果《は》たして何がやりたいのか分からずに、声を掛けてくれる学生のなかをさ迷《まよ》う気分になる。

そんなハヤミは、母親のような不安な顔をのぞかせるマキさんに、軽く答え、言った。

「電子メールで気持ちは伝えておいたよ？　さようならッて。そのあと幾度《いくど》も着信メールで足を止めたけれど文面に興味もなく心が離れてしまって」

自分の気持ちに嘘《うそ》はつけない。そんなハヤミはふと話題を替えて、言った。

「ところでマキさん？　寺のセイイチロウから電話連絡は、あった？」

そう尋ねてハヤミが気にするセイイチロウの話は、二年前の正月から始まっていた。

カエルやヘビなどの爬虫類《はちゅうるい》が苦手《にがて》なハヤミが眠る枕元《まくらもと》で、気配がした。一匹《いっぴき》の黒蛇《くろへび》がとぐろを巻きスヤスヤと眠っていたのだ。それを見たハヤミは背を向け一目散に逃げだしていた。しかし現実に蛇《へび》を見たワケでもなくハヤミのその話を寺のセイイチロウは軽く笑いとばしながら答え、言った。

「アハハハハ、ないない。正月の寒空《さむぞら》に蛇《へび》はありえない。それとも？　冬眠中の蛇が寝《ね》ぼけて仲良く添い寝をしていたとでも、言いたいのかな？　まぁ正月の初夢としては内容が、面白《おもしろ》い。いち富士、に鷹、さん茄子というが。さすがハヤミ家《け》の坊っちゃん、見《み》る初夢は一味《ひとあじ》違う。この先、一生、金《かね》の苦労をしないとみた。そんな蛇神様《へびかみさま》にヨロシク言ってくれよ。オレも肖《あやか》りたいぞう」

などを言いながらハヤミをからかう。

そんなセイイチロウが今年《ことし》の正月に寺の自室で、熱に浮《う》かされていた。

「カメが。デカい亀《かめ》が……」

そう呟きながら宙《ちゅう》を振り払う様子は正気の沙汰ではない。まるで息《いき》を呑《の》むセイイチロウの姿に、圧倒をされて、己《おのれ》の側《そば》に感じる龍の気配を話しそびれてしまった。

そんなハヤミが住職に帰りの挨拶を交わしているときだった。オキノケイスケが腰を抜かさんばかりの勢いで現れ来て、言った。

「トラが。デカい虎《とら》がオレを追ってくる。あいつを止めてくれぇ」

震える声を上げた。そんなケイスケにしがみつかれた住職は申し訳もなさそうにして、首を横に振った。だがハヤミは一瞬だけ、異《こと》なる白いものが消えゆくを見た。いや、見た気がした。かもしれない？　まるで向《む》こう脛《ずね》を痛めたようなケイスケが言葉少なげに説明をする、白に黒じまの模様《もよう》が入ったドデカい何かを……。

正月の三が日は何も分からず答えは出なかった。そんな一月のある日だった。ハヤミ家《け》に現れたアズミタカシが木刀《ぼくとう》を身構え、いつものように打ち鳴らすチャンバラごっこの最中《さいちゅう》に、奇妙な話を始めた。

「貴様《きさま》は知っているか、炎を纏《まと》う赤い鳥の名をッ」

叫びアズミの木刀が風を切る。素早い木刀の切り返しに、身体の重心が沿《そ》い、足の動きがスムーズになっている。型《かた》に惑《まど》わされず木刀と一体になり全身で相手を打つ。それがハヤミ家《け》に伝わる剣術だったからだ。そのなかでも居合《いあ》い抜《ぬ》きはハヤミの十八番《おはこ》だった。

それをアズミが木刀で受け止め言った。

「神子《みこ》である貴様《きさま》になら分かるハズだ。あの化《ば》けものが何なのか。それを教えろッ」

そう言ってムキになり、いつにも増して打ち込んでくる。そんな勢《いきお》いをもつアズミを相手にしていては息も上がってくる。

手の木刀を離し尋ねてみた。

「お前はいったい何をしに来た？　口《くち》で喋るか木刀でチャンバラの続きをやるのか。どちらかひとつにしてくれ」

そう言って首を振った。そんな疲れた腰を芝生《しばふ》に下ろした。そしてハヤミの近くにアズミタカシが来て、木刀の素振りをしながら話を始めた。

「よくは知らん。だがヤツの気配がここに来て、消えた。これまでどんなに振り払おうと、ピクリともしなかったヤツの気配が消えた。とどのつまり、貴様《きさま》がすべての原因だ。炎を纏《まと》う不気味な赤い鳥を何とかしろッ。でなければ夜も眠《ねむ》れん。そんなオレを怖《おそ》れる家族は病院に行けと言った。すべては神子《みこ》である貴様《きさま》のせいだ。神妙《しんみょう》に成敗《せいばい》してやる。覚悟しろッ」

そう言って凛《りん》として立つアズミのすべてが鋭《するど》い刃《やいば》に見えた。身の危険を感じて木刀を手にしたハヤミは早くも後悔をする。なぜならアズミタカシという男は中学校時代の友人を奪《うば》ったと言ってはハヤミを目《め》の敵《かたき》にしていたからだ。ハヤミはそんなアズミに言った。

「待《ま》て。早まるな。すべてはお前の勘違《かんちが》いだ。誤解するなぁ」

とか何とか言ったところでアズミの木刀は止まらない。むしろこの三年間という時間がアズミタカシを強くして、ハヤミの手に負えない。逃げるが勝ち。そこにアズミの声がした。

「待《ま》てぇ」

怒《ど》とうのごとく打ち込んでくる。アズミに対してハヤミは疲れた。

庭を走り回り疲れた身体を横に倒した。そこにアズミが困り果て、グチリ言った。

「なぜお前はそうなるんだ。いつもいつも……。くそっ」

悪態に言って身体を投げ出し横にした。そんなアズミタカシと並んで呼吸を整えたハヤミは、ある提案を思いつき尋ねてみた。

「寺のセイイチロウに話をしてみるよ。一応アレでも妖術《ようじゅつ》使いでバケモノの話にも詳《くわ》しいし。ただ少し、立て込んでいて。話が出来《でき》るかどうかは分からないけれど。他《ほか》に当てもないし。気長に待っていてよ。ね？」

言いながらハヤミは遠縁《とおえん》の分家筋《ぶんけすじ》に当《あ》たる神社職のおじさんを思い出して。否定に首を振る。話をすれば部屋に閉じ込められる。結界《けっかい》を張《は》りましたといってはハヤミを眠らせようとする。そんな束縛《そくばく》はいやだ。自由でいたい。そう思うハヤミはアズミタカシに笑《え》んで言った。

「ね？　いいよね」

そんなハヤミを前にして、返答に困るアズミタカシは短く呟いた。

「ああ。勝手にしろよ」

そして背を向けた。そんなアズミタカシは少し考えて、頭を起こした。携帯電話を弄《いじ》るハヤミナオユキを見て、尋ね言った。

「オレに付き纏《まと》う鳥だがな？　ツガワセイイチロウに話をして分かるのか？　炎を纏《まと》う赤い鳥が何者なのか。というか、オレの話をそのまま寺の息子に説明をする気なのか？」

そう言ってアズミは首を横に振った。理解できないからだ。三年前の夏休みを思い出す。あの時《とき》からツガワの言葉がアズミの胸に突き刺さる。『妹がいるようだな。今ならまだ、引き返せると思うぞ』そんな寺の息子に腹が立つ。何も知らずに好き勝手を言ってくれる。虫唾《むしず》が走る。気《き》に食《く》わない。なのになぜハヤミはツガワセイイチロウを頼《たよ》りたがる？　何か弱点でも握《にぎ》られているのか？　それとも……。

アズミタカシは考えムカつく感情を手にハヤミの携帯電話を奪《うば》いブッ壊《こわ》したのだ。

ハヤミはその現実を見て、母屋《おもや》の玄関《げんかん》を駆《か》け込《こ》み大声で叫び言った。

「警報を止めて。マキさん。警察のおじさんに連絡を入れて。オレは無事だって」

そこまで伝えたハヤミは奥の和風階段を駆け上がった。この世《よ》でもっとも重要な人物に連絡を取るために、パソコンを開《ひら》いた。なぜならハヤミの携帯電話にＧＰＳ《全地球測位システム》機能が付いていたからだ。それは連動をして父の携帯電話に信号がつながる。外交書記官を務める父が動く前に一刻も早く連絡を取る必要があった。

そしてパソコンの画面に現れた日本人女性に向かい、ハヤミは叫び言った。

「父を止めて。ボクは無事だからッ」

そのあとのやり取りは覚《おぼ》えていない。驚きな顔をさらす父に向かい、携帯電話を壊してしまったことを話し、ごめんなさいを必死に訴《うった》えていた。

父の声がこぼれ、続きハヤミに尋ねた。

「池《いけ》の鯉《こい》は元気にしているのか？　何か変わった様子はないか？」

そう言って、呆《あき》れ顔をした。そんなパソコン画面の父を見て、ハヤミは庭《にわ》の瓢箪池《ひょうたんいけ》で泳ぐ鯉《こい》の一族を思い浮かべた。親子、孫、ひ孫と大中小に口元《くちもと》を開《ひら》き、パクパクとしてご飯を食べる。池の水面に浮いた枝葉を網《あみ》で掬《すく》い、排水溝の掃除をする。池の塩分の濃度を確認して、バケツに用意した溶水を、腰《こし》を屈《かが》めて少しずつ注ぎ歩く。そのあとを鯉たちが、ハヤミをからかうかのように並んで泳ぐ……。わけで。まぁ、いつものことながら池の鯉たちには、水をブッ掛《か》けられたりもする。

そんなハヤミはパソコン画面の気のない父を見て、吐息まじりに答え言った。

「池の鯉にしては丸々として太っていますよ？　鯉こくにでもして食《く》ったらさぞ美味《おい》しいでしょうね？」

そう皮肉《ひにく》を言い父の驚く顔を見た。ハヤミは思った。一人息子よりも家政婦のマキさんよりも池の鯉たちを気にするとは、何ちゅう父親だよ？　呆《あき》れて怒る気にもなれない。そこに豪快《ごうかい》な父の笑い声がした。

画面の父はまるで子供のように無邪気に目頭を押さえながら笑っていた。初めて見る姿にハヤミは口《くち》を引っ込めた。そして記憶《きおく》を振り返り考えた。何か間違ったことを言ったかな。

パソコンの中《なか》の父を眺めて、ハヤミは首を振り思った。何がそんなに可笑《おか》しいのか。何に対して笑っているのか。共《とも》に生活をした記憶がないハヤミは考えを諦《あきら》めて、父のなりゆきを待った。そしてようやく笑いを鎮めた父が楽しそうな面向きで、答え言った。

「池の鯉たちを、息子《ユキ》の手から引き離すとしよう。本当に、食《く》ってしまいそうだからな？　アハハハハ」

そう言って笑う父の姿が画面から消えた。ハヤミは思った。鯉こくとは味噌《みそ》仕立てのジャパニーズスープ。話は、そっちかい。そしてパソコンを閉《と》じた。

そんなフンとするハヤミは壊《こわ》される前に携帯電話で知らされた、入院中のツガワセイイチロウの病室を訪ねて。その話を打ち明けた。

病室のセイイチロウは白いベッドの上で枕を背にして、ハヤミから流れる小言を聴きながらポツリと呟いた。

「マキさんの手料理かあ。もう一度、食べたいなぁ」

そう言って物思いにふけり、そしてハヤミを見て首を振った。そんなセイイチロウはハヤミ家で食《しょく》したマキさんの手料理の数々を思い出しながら続けて言った。

「料理上手なあのマキさんのことだ。腕に縒《より》をかけ張《は》り切《き》って作るだろう。味《あじ》を占《し》めたお前は池《いけ》の鯉《こい》を眺めては美味《うま》そうだなぁと思い始める。おいしそうな食材を前にしてどこまで手を出さずに我慢《がまん》ができるのか。それはお前の心掛《こころが》けしだいとなるが……」

そう言ったセイイチロウの目が急に細く、見つめた。ハヤミを通して何か別のものを探す目つきで。それを辿《たど》り、セイイチロウの視線の先にデカい図体《ずうたい》をした気配があった。ハヤミはセイイチロウに尋ねてみた。

「見えるのか？　コレが？」

ハヤミはそう言った。セイイチロウはそんなハヤミに首を振り、そして、己《おのれ》の摩訶不思議《まかふしぎ》を思い出すようにして話を始めた。

「ハヤミ。お前がここに現れる少し前だ。オレでさえ手に負えない、ものすごく嫌《いや》な気配が消えた。

ホッと一息をついたあとにお前が入ってきた。だからオレはバケモノの話でもするのかと身構《みがま》えていた。ところがだ。バカみたいに池の鯉がどうの、鯉こくがどうのと親子の会話を聴かされては気が抜ける。それで？　お前の背後にいるものは何だ。その壁《かべ》の一面だけが空間《くうかん》の歪《ゆが》みで陽炎《かげろう》のように揺《ゆ》れて見える。お前？　どこでそいつを拾《ひろ》った。さっきの話で撤去《てっきょ》をされた池の鯉たちと何か関係でもあるというのか？」

そう言ってセイイチロウは、困《こま》り顔のハヤミを見た。そして思った。ハヤミは幼少《ガキ》の頃から、のんびり屋《や》さんだ。とくにハヤミ自身の問題になれば思考がメチャクチャになる。その説明力《せつめいりょく》は格段《かくだん》に劣《おと》る。それをサポートしてきたのが守《まも》り手《て》のツガワセイイチロウだった。そんなセイイチロウを、ハヤミが見た。ハヤミは観念をして、不思議な話を始めた。

「セイイチロウは覚えているかな？　高校二年の夏の日を。白いカラスに遭遇をしたり、胸の護符《おまもり》を新しくしてもらったり。あのときは西のイケガミシノブが家《いえ》に現《あら》われたりして色々あった。それらを掘り返すつもりはないけれど。何となく引っ掛かっている。まるでシックリとしない。そんなモヤモヤとした感覚を抱《かか》えたままだ。そんなオレの枕元で一匹の蛇《ヘビ》がとぐろを巻き眠っていた。そしてデカくなって戻ってきた。それがコイツだよ。気配が同じだったから驚きもしなかったし、そうなんだと思った」

言ってハヤミはセイイチロウを見た。困り顔のセイイチロウを見て、ハヤミは話題を替えて言った。

「それで？　お前はどうなんだ？　オキノケイスケはデカいトラが追ってくるといっていたし。アズミタカシは炎を纏《まと》った赤い鳥だというし。お前はいったい何が原因で入院をするハメになった？　そのあたりの話をオレは知らない。デカいカメとか？　言っていたけれど、そいつとケンカでもしていたのか？」

ハヤミはそう尋ねた。セイイチロウはその話に首を振り考えた。そしてハヤミに答えた。

「分かった。しかし憶測では何も話せない。時間がほしい。何が起きているのか分かりしだい連絡を入れてやるよ」

言ってハヤミを見た。不安な様子のハヤミを見て、セイイチロウは続き答え言った。

「オレは見てのとおり疲れて入院中の身だ。動けるようになったら知らせてやる。オレも色々と気になる部分もあるし？　お前をムゲにはしないよ。それに今年はお前の、お祖母《ばあ》さまの七回忌にあたるからな。それを寺の息子として無事に済ませたい。だからハヤミ、オレが電話連絡を入れるまで下手《へた》に動かないでくれよ？　お前にもしものことでも起これば寺の親父や守り手のオレが、（三百五十年は続くハヤミ家の親族や遠縁の連中から文句《もんく》を浴びせられる。小言や説教などは寺の親父だけで沢山《たくさん》だよ。むしろ？　あの口《くち》うるさい黒《くろ》くてバカデカい亀《かめ》を引き取ってほしいくらいだ。分かったらサッサと家《いえ》に帰れ。オレは疲れた。寝るぞ。おやすみッ」

そう言って白い病室のセイイチロウはハヤミに背を向け眠った。

それらの一連が今年の一月に起こった出来事だった。

ハヤミはセイイチロウからの電話連絡を待ち続けた。そして大学から帰宅をしたハヤミはそれをマキさんに尋ねたのだ。

「寺のセイイチロウから電話連絡はあった？」

そう言ってハヤミは、考えるマキさんの返事を静かに待った。まだ肌寒さが残る二月の立春の日だった。

そこにマキさんが首を振り答え言った。

「いいえ、セイイチロウ様《さま》からは何も。ただ、寺のご住職さまが気にかけておられます。一度お話がなさりたいとの電話をいただきました。それで、お返事はどのように伝えればよろしいのでしょうか？」

首を傾《かし》げる感じでマキさんがそう尋ねた。ハヤミは寺の住職を考えた。今年の正月（三が日）は何も話せなかったし。それに、神子《みこ》として神社の祭事に出席をしたり忙しい日々が続いた。二月の節分が過ぎ、初午《はつうま》の神事が神社で執《と》り行《おこな》われる。ハヤミ家《け》の分家筋《ぶんけすじ》に当たる神社職のおじさんには逆らえない。ハヤミの名付け親だし。むしろハヤミは、人間《ひと》に騒がれたくない。その思いが強くあった。そして答え言った。

「茶の間《ちゃま》のカレンダーを見ながら考えてみるよ」

そう言って、ハヤミは足を進めた。今年の正月明けから一ヶ月の間《あいだ》を、ハヤミはセイイチロウの電話を待ちながら大学のサークルを回った。考古学に化学・物理学に超自然現象と回り、ハヤミが求める謎の解明には結びつかなかった。なぜなら付き纏《まと》ってくる龍にしても言い伝えや古文書に残る記録とはまったく似ていないからだ。龍の逆鱗の意味にしても真実は異なる。逆鱗に触れる。というが？　それは龍が興奮をして暴れるからだ。その興奮というものが実は、ナレソメヤモメ……。

龍が、ハヤミの思考を止めたのだ。まるで考えるなと言いたそうにして、その巨体がのっそりとして動いた。それに答えるようにしてハヤミは呟いた。

「分かったよ？」

そして龍の気配を見て思った。顔だって全然違《ぜんぜんちが》うくせにッ。伝説の龍は鹿《しか》の角《つの》にナマズのヒゲを持つという。しかしハヤミに付き纏ってくる龍の顔はまったく違う。それは単《たん》に若《わか》いだけなのかもしれないけれど？　やはりこの問題は難《むずか》しすぎる。そう思うハヤミは茶《ちゃ》の間《ま》のカレンダーを手にした。

マキさんに聴かされた話を思い出しながら、寺の住職を訪《たず》ねる日を考えた。正月を挟《はさ》んだこの時期は神子《みこ》としての多忙が続く。人間《ひと》の悩みごとの相談に答えたり警察のおじさんに協力を求められたりして。大学生のハヤミは身体が三つあっても足りないくらいに忙しい日々が続く。そんなハヤミに寺を訪《たず》ねる時間がどこにある？　セイイチロウのように疲れて入院でもしたい気分になる。そう思うハヤミは首を振った。

とりあえず明日の夕刻に、寺の住職を訪ねるとしよう。その翌日の土曜は初午の祭事に出席の予定があるし、日曜の午前中はスイミングスクールの予定が入っていたからだ。ハヤミはそれを台所のマキさんに伝え言った。

「悪いけど、そういうことだから。寺の和尚《おしょう》さまに電話でそう伝えてくれるかな？　寺の都合《つごう》とかもあると思うし。明日が無理ならばまた考えるよ」

そう言ってハヤミは大学から帰宅早々の身体を返した。そして茶の間にカレンダーを戻した。その部屋の隅にある木戸を開《あ》けて、迫《せ》り上《あ》がりの和風階段を登《のぼ》った。二階の廊下をちょこっと歩いて、部屋の襖《ふすま》を開《あ》けた。足を進め入るその、和風机の肘掛《ひじか》け窓《まど》の外に、白いカラスを見た。そして襖《ふすま》を閉《し》めた。

そんなハヤミは思った。大学の帰り道で上空を飛んで行ったと思えば、これまた性懲《しょうこ》りもなく先に来て待っていたとは。いやはや、ごくろうさまです。そう思うハヤミは窓を開《あ》けた。そして白いカラスに尋ねてみた。

「原生林の塒《ねぐら》に戻らなくていいのか？　もうじき日《ひ》も暮《く》れるぞ？」

ハヤミはそう言いながら窓《まど》の肘掛《ひじか》けに腰を下ろして、外を眺めた。

目に映る広い庭がポッカリとして口《くち》を開《あ》けている。ハヤミがいる母屋の近くに民家もなく、松の木の向こうに田畑が広がり、大きな二階建ての西門の影が目に止まる。この家《いえ》を初めて訪れる者は決まってその門前で、ポカンとした顔で見上げる。家庭訪問ではまずその話題から始まる。その門の存在が当《あ》たり前《まえ》のハヤミは、うんざりとしたものだ。なぜ二階建て長家門《ながやもん》が残っているのか。ご先祖さまに聞いてくれッてんだ。まったくう。

そんな、二十一世紀の時代に取り残された古風な家の造りで友達の数も減った。それも小学生《ガキ》の頃の話で。二十歳《はたち》になった今では周囲の静けさや風の心地良さが疲れた身体を癒《いや》してくれる。そこに声がした。

「守ってどうする？」

そう言って白いカラスがハヤミに近づき、続き尋ねてきた。

「本能ではすでに分かっているハズだ。なのに何故《なぜ》それを無視する？　守ろうとする？　私には分からない。すべてを手放して楽になればいい。それだけの話だろう？　つまり風や自然の声だけではなく、母なる大地の声に耳を傾《かたむ》けてみてはどうだ？　今よりはスッキリできると思うぞ？」

言ってハヤミを見上げた。ハヤミはその話を考えた。すべてを手放して楽に？　ハヤミは首を振った。まるで悪魔の囁《ささや》きのように感じたからだ。そして白いカラスに尋ね言った。

「オレを誘惑《ゆうわく》してどうする？　それより森に帰ったらどうだ？　それとも、動物園の狭《せま》い檻《おり》の中《なか》に戻りたいのか？　それならばそうと早く言ってくれよ。今すぐにでも連絡を入れてやるから。なにしろ白いカラスなど世にも珍《めずら》しいそうだからなぁ？」

軽い口調でそう言った。白いカラスがハヤミを見た。そして丸く全身の羽を震わせ、白いカラスが唸《うな》り言《い》った。

「やってみろよ。私は何度でも抜け出してやる。檻《おり》に関《かか》わる一連《いちれん》の行動を見てやる。そのわきを擦《す》り抜《ぬ》け私は自由になる。それを理解した上でやるというのならば連絡とやらを入れてみろよ？　母なる大地の使いである私を閉じ込めるなど。ムダなことよ」

言って息をついた。そして白いカラスはハヤミを見て、続き言った。

「私には分からない。何故《なぜ》そうまでして守ろうとする？　守って何か変わるのか？　ヒトは常に守っているのか？　イエス？　ノウ？」

そう尋ね、ハヤミの首振りを見た。ハヤミは立ち上がりながら言った。

「オレはオレだ。他《ほか》の人間《ひと》がどうなのかなど知るワケがない」

そう言って白いカラスを押し出し、窓を閉めた。ハヤミの首が軽く揺れた。窓ごしに見つめるカラスは思った。なぜ返事をくれない。本能では分かっているくせに。なぜその役目を果たさないのか。思い、ハヤミの姿を見失っていた。そこにふと龍の気配がした。

その龍が伝える意思に白いカラスは答えた。

「そなたの邪魔をする気はない。むしろ私の役目のために手出しをせぬとの約束事《やくそく》を守り、感謝をしている。私はハヤミ《あの者》に命を救われた。あの者を傷ものなどには出来ぬ。それは私の意志だ。理解をしてほしい」

言いながら首を垂《た》れた。そこに龍の気配が動いた。

『ムリをするな』

そう意思を告げた。龍が勢《いきお》いよく天上に登って行った。それを見た白いカラスは思った。天上の使いであるあの龍には逆らえない。もし手違いを起こせば雨《あめ》・霰《あられ》と雷《いかづち》が降り注ぎ、大地《だいち》が荒《あ》らされる。それこそ敬意を持ち注意をする相手なのだが？　なぜか解せぬ。あの龍はハヤミ《あの者》の何を、待っているのだろう？

そう思うカラスは白い翼を広げ、原生林の森を目指し飛び立った。その頃、ハヤミは一階の茶の間で一人、夕食を取っていた。

マキさんが、電話よりも先に用意をしてくれた夕食の味を、咀嚼《そしゃく》に楽しみながら、ハヤミは寺の住職を思った。明日の大学の帰りに訪《たず》ねるとしても、寺の都合はどうなのだろう。セイイチロウの話も尋ねてみたいし？　そう思いながらハヤミは箸を手元のテーブルに戻して合掌をした。おいしくいただきました。心でそう呟き一礼をした。そして身体の力《ちから》を抜いた。そこに礼儀正しいマキさんが厳《おごそ》かにして、食後の緑茶を持って来てくれたのだ。

「ありがとう。マキさん」

ハヤミはそう言って温《ぬく》もりを手にした。緑茶《りょくちゃ》を一口《ひとくち》、喉《のど》に通して。身の内を伝わる茶葉の香りが心地良くて、つい顔がゆるむ。そして緑の茶葉の香りを楽しむように一口《ひとくち》、飲んだ。そこに食器を下げ終えたマキさんが言った。

「若君さま？　先程のお話ですけれども。寺のご住職さまに電話で伺いを立てましたところ、明日は、お客があり時間が取れないそうです。そこで住職さまから、今週末の日曜の夕刻に、寺に来てほしいと申されましたが？　なにぶんにも三日後の予定になるので返答のしようがございません。若君さまのご都合はいかがなものでしょうか？」

そう尋ねて大学生のハヤミを見た。そんな困り顔のマキさんを見て、ハヤミは考えた。

三日後の日曜の夕刻に寺の住職を訪ねる。その前日の初午《はつうま》の祭事で神社職のおじさんと顔を合わせる。町の、馴染《なじ》みのある寺の住職の話があと回しになっていいものだろうか？　などを考え、ハヤミはマキさんに答え言った。

「寺の都合に合わせるよ。セイイチロウのことも尋ねたいし？　慌《あわ》ただしくゴチャゴチャするのも嫌《いや》だし。三日後の日曜の夕刻に、寺の住職を訪ねるよ。予定を入れずに空けておくから電話でそう伝えてくれるかな？　頼んだよ。マキさん」

そう言ってハヤミは腰を上げた。そこにマキが手帳のメモ書きを終えてハヤミに声をかけ尋ねた。

「あの、ところで内蔵《うちくら》の片付けは、どのようになっているのでしょうか？」

そう言ってマキは思った。マキが気にするそれは、一月に若君の父上様から池の鯉を移動させると共に電話で、告げられた話だった。

『携帯電話を壊すようでは先が思いやられる。ゆえに内蔵の荷物を別の場所に移《うつ》し保管をする。だが間違っても荷物の整理を手伝ってくれるな。すでに魂が宿る品物がある。ハヤミ家《け》の災いを背負う者は私とユキだけでいい。私の考えは変わらない。二十一年前のあの震災の……。いや、何でもない。ユキも私と同様にして何かを感じているハズだ。携帯電話の一件を話し内蔵の片付けをするよう伝えてほしい。さすれば池の鯉を撤去したところで騒ぐ暇《ひま》もないだろう。あとを頼む』

電話で父上様にそう告げられていた。マキはそれらを手帳のメモ書きを見て思い出してハヤミ家《け》の若君様に尋ねたのだ。

ハヤミは内蔵《うちくら》の話にマキさんを見て、しばらく考えた。そして思い答えた。

「いや。まだ片付け？　までは行っていない。扉を開けて蔵《くら》の中《なか》を見たていどで？　まだ何もしていない。明日からでも手を付けていくよ。面倒だけど？　父さんの言い付けではね」

言って、ふとマキさんを見た。マキの顔から感情が消え、鋭い眼差しでハヤミを見た。

ハヤミは声を上げ、逃げた。

「お風呂に入ってきま〜す」

そう言って辿り着いた脱衣所で息をつき、思った。びっくりしたあ。ハヤミは首を振り冬服を脱ぎながら、思った。あのマキさんがあそこまで怒るなんて、やはり父が一番で息子のハヤミは二番手ということなのだろう。共《とも》に、生活をしていない父を想うその理由が分からない。だけど、思い当たる節といえば、それはハヤミが生《う》まれる以前《いぜん》の話で。だけどそれをマキさんに尋《たず》ねる度《たび》に家事《かじ》の忙《いそが》しさを理由にして逃げられる。そのつどハヤミは思う。かりそめの母のようなマキさんが管理をする古《ふる》い大学《だいがく》ノートに今一度、目《め》を通《とお》してみたい。ハヤミが生《う》まれた日《ひ》よりも以前《いぜん》のページに何が書かれてあるのか？　黒《くろ》いペンの文字で詳細《しょうさい》に書き込まれた大学ノートのページを今一度、見てみたい。なぜならそこに、若《わか》き日《ひ》の父《ちち》とマキさん、そしてハヤミの一歳《いっさい》を待《ま》たずにして他界《たかい》をした幻《まぼろし》の母《はは》の様子《ようす》が垣間見える気がするからだ。

ハヤミは母を知らない。ただ一枚だけ存在をする白無垢《しろむく》姿の写真と白梅香《はくばいこう》の澄《す》んだ甘《あま》い匂《にお》い……。考えるハヤミの身体《からだ》の芯《しん》が苦しい拒絶感を起こした。息苦しさに噎《む》せ返《かえ》った。それはまるで考えるなと警告を発《はっ》するかのようだ。なのでハヤミは母を知らない。考えたこともない。だからこそハヤミは思う。マキさんが母になってくれると嬉《うれ》しい。マキさんを母と呼びたい。だけどその話にマキさんが首を振り、ハヤミの世話係として逃げられる。父を一番に想っているようならば堂々とすればいい。何故《なぜ》そうならないのか？　不思議に思う。そして現実の目に映るかけ湯《ゆ》を済《す》ませて、湯船《ゆぶね》に足《あし》を浸《ひた》し腰元《こしもと》を沈《しず》めた。

そんなお湯《ゆ》の温《ぬく》もりを身体に感じながら、ハヤミは六年前に他界をなされた病室《びょうしつ》のお祖母《ばあ》さまを思い出した。その当時はまだ中学生だったハヤミに、おっしゃられていた。

〝自然の流れに逆らってはいけない。ヒトは希望を持ち生きていく。だから顔を上げなさい。あなたが気《き》に病《や》むことは何もない。あなたは視《み》えてしまっただけ。それだけのことです。だから楽しい話を聴かせてちょうだい。学校は、楽しいですか？〟

そう言って微笑《ほほえ》むお祖母《ばあ》さまに教えられて、ハヤミは生きてきた。それは今でも変わらない。ハヤミは隠《かく》し事《ごと》をしている。白いカラスと会話をする。龍の気配が付き纏う。地下のリュウミャクが繋がった。ただの感覚でしかないそれらの話をまともに取《と》り扱《あつか》ってくれる人間《ひと》はいない。だからハヤミは楽しい話題を探しては心《こころ》の隙間《すきま》を埋《う》める。ただ、それだけだった。それでも、心《こころ》が痛《いた》むときがある。そんなときハヤミは消え去りたいと思う。

〝自分を手放したほうが楽だ〟

何度《なんど》もそう思う。だけど楽しい出来事が起きて夢中になる。それらに胸を躍らせホッとする。そんなハヤミは我《わ》がまま坊ちゃんで周りに迷惑を掛ける？　自己中心的な性格なのだろうか？　ネットに書かれた〝自己中〟という文字がハヤミを悩ます。しかし考えても始まらない。人間《ひと》がどう思おうとかまわない。そう思うハヤミは鏡に映る自分を見た。

首からぶら下がる胸の護符は寺のセイイチロウがくれたものだ。そして最近になりハヤミの額《ひたい》に青い梵字《ぼんじ》らしきものが浮き上がるようになった。あの白いカラスの話に感化され現れたものだろう。〝額に刻まれた封印〟とは何のことなのか？　思い、黒髪を洗うハヤミの謎解きは始まったばかりだった。

そんなハヤミは通学をする大学のキャンパス内で、見知らぬ女子学生の怒りを喰らった。

「どうなのハヤミナオユキ。答えなさいよッ」

そう言ってハヤミを鋭く見つめた。そんな腹立たしさを全面にして曝す女子学生の怒りは、携帯電話に入っていた謝罪文に対してハヤミが答えた〝さようなら〟が原因のようだ。しかし首を横に振るハヤミには関心がない。私物ノートに残る疑問の答えが知りたくて、友人の学生と共に法学部の教授を訪ねる途中だったからだ。そんなハヤミの前に立ち塞がる女子学生が焦《じ》れったたい声を張り上げた。

「謝りなさいよ。黙っているだなんて卑怯だわ」

そう言って怒り奮闘をする女子学生の目がハヤミを見た。細く尖った感情をもつ髪の長い女性に、ハヤミは心当たりがない。そこで女子学生に対して尋ねてみた。

「君は誰？　なぜボクに答えを求める。そのあたりの説明を要求したい……」

ハヤミはそう言った。直後に出た女子学生の怒り駿足《しゅんそく》を切っかけのように連れ出された。そんなハヤミは長いお説教を喰らったのだ。

そしてキャンパス内のベンチに、髪の短い女子学生のヨシノサクラコがしおれて座っていた。そのベンチを前にして、怒りを打《ぶ》ちまける髪の長いシノハラミスズはハヤミに対して、ことの説明と謝罪を繰《く》り返し要求した。

その女子学生のシノハラミスズはハヤミが電子メールで〝さようなら〟と答えたヨシノサクラコの友人だった。つまりキャンパス内のベンチで肩を小さく窄《すぼ》め座る女子学生がヨシノサクラコで、強気な態度を見せる女子学生がシノハラミスズである。そんな二人の友人関係を理解したハヤミは強気なシノハラミスズに答え言った。

「悪いとは思う。しかし気持ちが付いて行けない。ヨシノサクラコさんには悪いけれど、ボクにその気はない。諦《あきら》めてほしい」

そしてハヤミはベンチに気を落とすヨシノサクラコを見た。そこにシノハラミスズが声を上げハヤミを責め立て言った。

「信じられない。それが傷つけた女の子に対する謝罪のつもりなの？　もっと他《ほか》に言いようがあるでしょう？　たとえばサクラコに一日《いちにち》、付き合ってあげるとか。サクラコが喜びそうな品物を贈ってあげるとか。他《ほか》にもやりかたは色々あるでしょう。なのに何故《なぜ》それができないのよッ。ハヤミナオユキっ。カワイイ顔《かお》をしてワビのひとつも入れられないだなんて冷《つめ》たい人間《ひと》だったのね。あやうくダマされるところだったわッ」

そこまで言って、ツンとした。そんなミスズに手を伸ばすサクラコの、泣きそうな顔が横に揺れた。凍えそうに小さな声で言った。

「もう、やめて。分かったから。お願いよ。ミスズ……」

サクラコはそう訴えて首を振り、ハヤミ家《け》の嫡子《ユキ》さまに頭を下げ、呟き言った。

「すみません。ごめんなさいです……」

それは約束を守れなかったサクラコの精一杯《せいいっぱい》の謝罪だった。なぜならユキさまに冷たくされると思っていたから。ウソつきだと貶《けな》されると思っていたから。サクラコはただ怖くて。シノハラミスズが罪を擦《なす》りつけた〝さようなら〟の影に怯えたのだ。首を振るサクラコは、それではいけないと気づいた。間違っていたと気づかされた。どんな言葉よりもユキさまがサクラコの側に居《い》らっしゃることに。サクラコの目に映る場所に居《い》らっしゃることに。それは困ったような不安そうなお顔でサクラコを見ておられる。そんな僅《わず》かな期待と不安を胸にしてサクラコが手を伸ばそうとしたときだった。男子学生の気落ちをしたような苛立《いらだ》つ声がハヤミを呼び、続き言った。

「いつまで待たせる気だ？　行くぞ」

そう言った男子学生の手にノートが握られていた。悪いと答えたハヤミナオユキの手にも、ノートが握られていた。それらに気づいたヨシノサクラコに向けて、ハヤミナオユキが答え言った。

「時間が取れなくて、ごめん。友達だと思っているから。話はまた今度ね？」

そう言って素直な笑みを残し、友人たちと共にキャンパス内の遊歩道を、慌《あわ》ただしく駆《か》けて行った。

それらを見送るサクラコの胸《むね》の内《うち》に温《ぬく》もりが溢《あふ》れて、滴《しずく》となりこぼれ落ちた。

友達でもいい。話がしたい。そんな期待と不安を胸にサクラコは、ハヤミの口《くち》から直接にして、それらを告げられたのだ。きらわれたワケではなかった。煙《けむ》たがられたワケでもなかった。お友達としてお話ができる。サクラコはそれが支えに嬉しく思えて、心配をしてくれるシノハラミスズに感謝を込めて答え言った。

「私は大丈夫だから。スッキリとしたから。付き合ってくれて、ありがとう。ミスズ」

素直な微笑みだった。それを見たミスズは己《おのれ》の思いに遣《や》り切《き》れない。そして言った。

「それにしても一筋縄《ひとすじなわ》ではいかないわね、ハヤミナオユキって学生《やっ》は。『さようなら』のメール文を見た直後に〝いける〟と確信をしたのに……。ああもう、イライラするわねえ。まるで〝してやられた〟って感じよ。もう」

そう言って首を振り、足元の遊歩道に息を吐《つ》いた。ミスズは初めてだった。言葉の駆《か》け引《ひ》きでは誰にも負けない。引《ひ》けをとらない自信があった。だからこそ弁護士を目指してこの大学に入った。そんな入学式の人込《ひとご》みのなかを、奇妙な畏《かしこ》まりかたをする女子学生《ヨシノサクラコ》と、それを笑って誤魔化《ごまか》す男子学生《ハヤミナオユキ》がいた。入学の当日ではよくある光景だった。しかしそんな二人の会話や行動に、違った意味での疑問が生まれた。〝ユキさま？〟それはまるで身分ある若君《ハヤミ》を前にして、ヨシノサクラコが憧れの笑みを見せたからだ。シノハラミスズは同じ学生という立場にありながら、理解ができなかった。そしてヨシノサクラコから出た主従《しゅじゅう》関係という言葉に驚かされた。そんなバカな話を目《ま》の当《あ》たりにしたシノハラミスズの、おせっかい焼《や》きはそこから幕《まく》を開《あ》けたのだった。

そんなシノハラミスズがメール文を機会《きかい》にして初めて顔を合わせた。ハヤミナオユキの笑《え》みに、してやられたのだ。シノハラミスズは考えた。何か別の方法はないものだろうか？　ハヤミナオユキの弱点が知りたい。

そんなことを考えるシノハラミスズは二月十四日《にがつじゅうよっか》を思い出した。そして次のチャンスに向けて、ヨシノサクラコに声をかけ言った。

「こうなったらチョコレートで勝負よ。サクラコ。あなたも来なさい。目にものを見せてあげるわ」

そう言って強気を味方に顔を上げた。そして周囲を見た。この大学のキャンパス内ではハヤミナオユキに関心をよせる学生が多い。見た目《みめ》の笑顔《えがお》が優《やさ》しい。暖《あたた》かい風《かぜ》のような男子学生。それらは当《あ》たり前《まえ》のようにそこにいて、心《こころ》の中《なか》に入《はい》ってくる。だからこそ、しっかりとした自我を持つ必要があるのよ。でなければ心を喰《く》われる。心を奪《うば》われる。いわゆる学生の敵、ハヤミナオユキ。その鼻先《はなさき》をへし折《お》ってやるわっ。そう思うシノハラミスズは、ヨシノサクラコの不安な顔を見た。そして答え言った。

「大丈夫よ。分かっているから」

そんなミスズは初対面《しょたいめん》の頃《ころ》のヨシノサクラコの、家《いえ》の事情《じじょう》を思い出して続き言った。

「あなたの大事《だいじ》なハヤミナオユキを傷つけるつもりはないわ。ただ、納得ができないだけよ。サクラコの家《いえ》がハヤミ家《け》のお世話《せわ》になっている。幼いころ命を救われた。今でも頭《あたま》が上《あ》がらない。だからといってハヤミナオユキの伴侶《はんりょ》を決《き》めるお見合いの席に参加をして、アッサリとして断《ことわ》られたなんて。身《み》も蓋《ふた》もないんじゃないの？　心理的な束縛を受けて。それでハイと答えて。それらを主従《しゅじゅう》関係だなんて今の世の中では通用しないわよ？」

そう言って息をついた。しおれた様子のサクラコを見て、言いすぎたと反省をする。そんなミスズは思った。サクラコの家《いえ》の事情をどうのこうのと干渉《かんしょう》はできない。そんな権利もない。だけど、可能性はまだ残されている。嫡子様《ちゃくしさま》だというハヤミナオユキがサクラコの存在に気づきさえすれば、変われるかもしれない。心理的な束縛を解いてあげたい。なぜなら同じ大学に通う学生なのだから。親《おや》がどうとか家《いえ》の事情がどうとか今はまだ関係ない。同じ学生として気にするほうが変だ。むしろハヤミナオユキの家《いえ》の事情も似たようなものらしい。以前に、この大学の入学式のときにハヤミナオユキの側《そば》にいた女性を、世話係の家政婦《マキ》さんだとサクラコに教えられたからだ。そんなハヤミナオユキは一人《ひとり》っ子《こ》で。父子《ふし》ともに別居中で。六年前にお祖母《ばあ》さまを亡くしている。だけど、笑顔の優しいハヤミナオユキからはとても想像ができない。ゆえに却下。問題外。誰だって苦労はしているのよ。それが人間《にんげん》というものじゃないの。そう思うシノハラミスズは冬《ふゆ》の寒空《さむぞら》を見上《みあ》げた。

今はまだ二月。四月の春までは時間がある。桜の花が咲くころまでには何とかしてあげたい。そう思うシノハラミスズはヨシノサクラコに声をかけて、言った。

「そう落ち込まないの。開花宣言のソメイヨシノが悄気《しょげ》た顔をしてどうするの？　サクラコの名前のとおりに、春になったら温かな満面の笑みを見せてほしいわ」

そう言って明るい顔で励《はげ》ました。そんなシノハラミスズはまだ知《し》らない。まだ誰《だれ》も知《し》らない。四月《しがつ》十四日《じゅうよっか》の前震《ぜんしん》に続《つづ》き十六日《じゅうろくにち》未明《みめい》の本震《ほんしん》が起《お》こることなど。まだ知《し》らずに日常《にちじょう》を送《おく》り、チョコレート屋に足を運び、尋ねた。

「すみませ〜ん。とろけるような、それでいてガツンとしたインパクトのあるチョコを、見せていただけますか？」

店員にそう言って、店内に並ぶチョコを見て、厳選を始めた。あのハヤミナオユキに贈ってふさわしい品物を求めて。足を運び店の移動を続けた。そしてサクラコに言った。

「次、行くわよ」

そう言って、サクラコの驚く背中を押した。


その日《ひ》のハヤミは男子学生の友人らが語る明るそうな話題を、ふと思った。九日後《ここのかご》の十四日《じゅうよっか》はチョコレートデイ？　それらに関係をしているのか友人の男子学生らが語るように、いつになく女子学生の顔が目に映る。そして話はキャンパス内のベンチで起《お》きたヨシノサクラコの一件が、そうではないのかとハヤミに尋ねてきた。ハヤミは考えた。

どうだろう？　ヨシノサクラコは遠縁《とおえん》の子《こ》で。ハヤミがまだ五歳か六歳のころに、告げた先見の助言で、その命を救われたというが？　その記憶が曖昧《あいまい》すぎて覚えていない。むしろヨシノサクラコがハヤミに直接、その顔を合わせたのは三年前の夏の日で。お見合いの席だという。そんな烏合《うごう》の衆《しゅう》のように居並《いなら》ぶ和服姿《わふくすがた》の女性たちの顔や名前を覚えているハズがない。その席でハヤミは告げていた。〝他《ほか》にすること、ないの？〟

その疑問が功《こう》を奏《そう》して大学の入学当日までスッポリとして忘れていた。そのためハヤミがヨシノサクラコを遠縁の女性として意識を持ち始めたのはごく最近になってからだ。そんなハヤミに特別な感情はない。そう考えるハヤミは友人たちに、答え言った。

「そうだな。楽しそうなイベントだと思うけれど。今は心静かに眠りたい。でなければ大事《だいじ》なテスト中《ちゅう》であっても解答用紙を前にして、瞼《まぶた》も重く眠ってしまいそうだよ」

そう言ってハヤミは首を振り息をついた。そこに豪快《ごうかい》な笑い声が上がったのだ。男子学生の友人たちが目頭を押さえ、そも可笑《おか》しそうに肩を揺らし、腹を抱え笑った。ハヤミはその様子に首を振った。そんなハヤミの側《そば》で素面《しらふ》に困り顔のヤナギダシュウイチが声を上げ、言った。

「お前ら笑いすぎだぞ？　むしろハヤミ。それでは日々《ひび》の努力が水《みず》の泡《あわ》だ。あまりにもギャップがありすぎる。そんなお前の口《くち》から、次から次にと質問の連続に逢えばギャフンとなるし。澄まし顔の教授ですら出て行けと叫ぶ。まるでジキルとハイドのような今の習慣を改《あらた》めなければ身を滅ぼすことになるぞ？」

言ってハヤミを見た。そこに別の声がした。

「ハヤミ！」

突如《とつじょ》として上がった。馬鹿《ばか》デカい声の男子学生が、そも嬉《うれ》しそうにハヤミの側《そば》に来て言った。

「先に礼を言っておく。ありがとう、ハヤミ。オレは嬉しいぞう」

言いながらハヤミに抱《だ》きつき笑い声を上げた。まるで子供を手懐《てなず》けるように頬《ほお》ずりをし頭を撫《な》で、満足して抱《だ》きつき笑った。

ハヤミは頭《あたま》を抱《かか》えたい。そんな高校時代の友人を見て、ハヤミは強く押して言った。

「何をしに来た。お前は二《に》キロ先《さき》の医学部生だろう。それに、お前に礼を言われる覚えはないッ。離れろッ」

そう言って押した。ハヤミの腕《うで》を取《と》る高校時代の友人が笑みを含み、答え言った。

「携帯電話の電源をオフにするお前が悪い。だからオレはお前を迎《むか》えに来た。オレの祝賀会にぜひ出席をしてほしい」

そう言って不敵武者な笑みを浮かべた。ハヤミはそれを見て思い出した。高校時代の友人、ニシジマオリト。医者の息子で、ハヤミが忘れたころに電話を掛けてくる。何かと雑談が多いニシジマオリトの会話のなかで、ひとつだけ共通点があった。

〝赤ん坊のころに、何かあったな。トラウマが、あるんじゃないのか〟

その話を思い出して、ハヤミは母の面影に首を振る。痛みしか与えてくれない虚像に意味なんかないッ。そう思うハヤミは目の前の医学生、ニシジマオリトに答え言った。

「オレが行くとでも思っているのか？　答えはノウだ。勝手に研究をして成果を上げたお前の功績《こうせき》だ。おめでとう。しかしオレは何もしていない。お前の祝賀会に出席をする気もない。オレの存在を研究の切《き》っ掛《か》けだと思うのならばお前は医者に向《む》いている。オレのためではなく誰かのためにその気持ちを役立たせてほしい。オレが言いたいことはそれだけだ。失礼をするッ」

言って踵を返した。夕刻に向かうキャンパス内の遊歩道を、ハヤミの疲れた背中が離れて行く。それを見送るニシジマオリトは残念な息をついた。そして、残る男子学生らの顔を見た。否定《ひてい》の首を振る男子学生がハヤミの後《あと》を追《お》っていくなかで、ふと一人だけ、その視線が重なり合った。ニシジマオリトはその男子学生に向けて、言った。

「何があった。今のハヤミは普通じゃない。オレが知るハヤミは頭の回転が速く、常に楽しむという余裕があった。ハヤミが余裕をなくした原因は何だ。何がハヤミをあそこまで追いつめた。そのあたりの説明を、してもらおうか」

そう言って、落ちついた物腰のある男子学生を見た。そして思った。思考を中心とするタイプは無駄話を嫌う。要点のみでの会話に興味を持つ。でなければ相当《そうとう》な不干渉者《ふかんしょうもの》だぞ。などを思うニシジマオリトに向け、その男子学生が答えを言った。

「話の前に告げておく。君《きみ》が知《し》るハヤミナオユキは存在しない。だがしかし、楽しむ余裕があったというハヤミを知る君《きみ》の話《はなし》を、私は聴きたい。そのかわりと言っては何だが、私は今《いま》のハヤミについて君《きみ》に話を打《う》ち明《あ》けようと思う。そうすることにより君《きみ》が求《もと》めた〝原因〟とやらも見えてくるだろう。互《たが》いに利害は一致すると思うが。ひとつ条件がある。ハヤミナオユキの自由を奪うな。それが私が君《きみ》に、今《いま》のハヤミを語《かた》るうえでの必要最低限の要求だ」

そう言って、ハヤミに抱《だ》きついた男《おとこ》を見た。そして思った。かくして不意を打《う》たれたとはいえ〝あんなこと〟をされては気分を害する。しかしハヤミの日常においての二面性のようにして現《あらわ》れるギャップが気になる。だからこそハヤミの自由を奪うなと条件を出したのだ。そこに医学生のニシジマオリトが男子学生を見た。そして男子学生に尋ね言った。

「それはつまり、この場限《ばかぎ》りの会話を終わるものではなくハヤミに関《かん》する情報を交換し合い、協定を結びたい。そういう意見なのか？」

そう言って投《な》げ掛《か》けた。男子学生はその質問に対して、率直に反応をして答え言った。

「そうだ。むしろハヤミが口走《くちばし》った情報では、君《きみ》は二《に》キロ先《さき》の医学部に通う学生と視た。ならば文化系のキャンパスに通うハヤミとは接触の機会が少なく希薄な関係を余儀なくされる。そこでだ。私のような仲立《なかだ》ち人《にん》を置《お》き、君《きみ》が求《もと》める〝ハヤミが変わった原因〟を探《さぐ》る足掛《あしが》かりにすればいい。私とてハヤミを心配している。何とかしたいと思いつつも手《て》を出《だ》せない状況が続いている。そこに君《きみ》が現れた。ハヤミが君《きみ》に対して告げた話の内容からして深《ふか》い友人関係にあると私は視《み》た。だからこそ君《きみ》の協力が欲しい。君《きみ》にとって悪い話でもないだろう？」

そう言って医学生を見た。直後にして医学生の目が笑みを含んだ。そんな余裕の笑みを漂《ただよ》わせながら手を差し出し、言った。

「オレはニシジマオリト。医学部二年だ。ハヤミとは同じ高校を卒業して通算五年の付き合いになるぞ？」

言いながら医学生《ニシジマオリト》の目が男子学生を見た。それは嫌《いや》らしく桃発的に、相手を小《こ》バカにした目だ。男子学生はここで、引き下がるワケにはいかない。どんな性格をしていようとも協力者は必要だ。そう思う男子学生は腕を伸ばし握《にぎ》る手《て》の力《ちから》を強めながら言った。

「私はヤナギダシュウイチだ。文学部二年生。法学部二年のハヤミとはある特殊《とくしゅ》な経緯《いきさつ》を得て知り合いとなった」

言いながら握る手に力《ちから》を込《こ》めた。ニシジマオリトは圧力《あつりょく》の痛《いた》みを己《おのれ》の手首《てくび》を握《にぎ》り切《き》り掛《か》えて、渾身《こんしん》の力《ちから》を込めながら答え言った。

「それはぜひ拝聴をしたい話だ」

ニシジマオリトはさらに強く手を握る。大学生活《だいがくせいかつ》の二年《にねん》を知《し》る者《もの》、ハヤミと親しくする者。それらは高校二年の夏の日を思《おも》い出《だ》すからだ。思うそれはハヤミが通うスイミングスクールの送迎《そうげい》バスの、乗降口《じょうこうぐち》だった。ハヤミは一人《ひとり》の少年《しょうねん》を胸《むね》にして、必死にしがみつき庇《かば》っていた。ニシジマオリトは潔《いさぎよ》く身《み》を引《ひ》いた。しかしあのとき、ニシジマオリトは身を引くべきではなかった。あのとき、必死に庇《かば》い立《だ》てをした相手が誰なのか、ハヤミは短く答えた。『中学のときの友達』それは過《す》ぎ去《さ》ったものに使う言葉だ。思うニシジマオリトは握《にぎ》る手《て》の力《ちから》にすべてを込《こ》めた。オレは過去《かこ》のものにはならない。高校のときの友達など、ハヤミに言わせたりしない。ハヤミの力《ちから》になる。ハヤミの役に立つ。その土台を組み上げたばかりだ。何者にも邪魔はさせない。そう心に強く思うニシジマオリトは、言った。

「手を、離せよ」

相手が、ひるんだすきに払い除けた。そして熱く痺《しび》れが走る指の動きを見て、息をついた。そんなニシジマオリトは気になる文学部二年のヤナギダシュウイチを見て、言った。

「それで？　法学部二年のハヤミと知り合う切っ掛けとなった話を、聴かせてもらおうか」

言いながら、痛めた手の応急処置をして、ヤナギダを見た。ヤナギダは首を振った。そして、質問に答え、摩訶《まか》不思議な話を始めた。

「あれは古文書などの歴史史料《れきししりょう》を項目別に、その内容の整理をしているときだった。扉を挟《はさ》んだ教授の部屋から声がした。『天空の龍についてお話があります』その声に驚いて何事かと思い扉を開けた。そこに（風の噂《うわさ》に聞く）ハヤミナオユキがいた。そして彼は教授を前にして議論を始めた。独自に調べてきたような神話《しんわ》の資料《しりょう》を並べたて説明をし、教授に意見を求めた。教授は頭を抱え困り顔を横に振り、グチをこぼした。課題の意図《いと》が読めなかったからだ。そもそもハヤミが持ち込んだ資料《しりょう》のすべてが神話の領域を出ないものだ。日本神話の龍神伝説を始め、中国神話の龍の花嫁、はたまたアダムとイヴをワナにかけたヘビの話まで。それらの神話《しんわ》の話を交じえてハヤミナオユキは議論を本気でぶちまけ答えを望んだ。しかしハヤミが持ち込んだ〝天空の龍について〟の話には無理がある。顔が違う。意味が違う。宝玉など握ってはいない。そんな、これまで数多くの伝説や神話などの文献《ぶんけん》を読み返し調べてみても、ハヤミが主張をする龍の話（神話《しんわ》）などどこにもなかった。そこで教授がひとつの仮説を立てた。〝新種の龍伝説かもしれない〟そしてその論文に必要な事柄《ことがら》を調査してまとめるために、私が指名を受けた。それは、たまたま教授の部屋に私が居たからだ。そして私はハヤミナオユキに声を掛けるようになった」

言って息を吐いた。そして付け加え、医学生のニシジマオリトに尋ねた。

「私の話は以上になる。何か質問があるならば答えるが？」

そう言ってニシジマオリトを見た。ニシジマオリトは首を振り、意外なほどアッサリとして答え言った。

「いや。別に何もない。ただ、高校時代と変わらず疑問に対する熱意は衰《おとろ》えを知らないなぁとか。一夜漬けの暗記法でテストの成績は単位を落とさない程度の普通かなぁとか。でもまぁ、オレが感じた〝楽しむ余裕を失った原因〟がそこにあると分かってスッキリしたよ。じゃあな。話をしてくれて助かったよ。ヤナギダシュウイチ君《くん》？」

笑い声を上げながら踵を返した。そして、嬉しく思った。神話の龍神伝説かぁ。オレも一緒に調べてみたかったなぁ。ハヤミは面白いことを考える。ハヤミの側に居ると楽しい。飽きない。時間を忘れるほど夢中になれる。そんな高校時代の部活動めぐりを思い返しながら、大学の来客用駐車場を目指す。

そんなニシジマオリトを呼び止める声がした。その息を弾ませながら、先程さよならをした文学部二年のヤナギダシュウイチが側に来て、言った。

「まだ話は終わっていないッ」

そう言って息を整えた。それを見たニシジマオリトは考えた。何かあったかなぁ？　文系のキャンパスを訪ねたのはハヤミナオユキに用があったからで。そのハヤミに断《ことわ》られた今となっては手ぶらで会場に向かうだけである。そこに駐車場から、ニシジマオリトの父が声を上げ、尋ねてきた。

「おおい。ハヤミ君《くん》はどうしたぁ？　フラれたのかぁ？」

その声にオリトは素直に腕を上げ、父に答え言った。

「ああ、手ぶらだ。残念だったなぁ。親父？」

そう言ってニシジマオリトは声を上げ笑った。なぜならニシジマオリトの父と、ハヤミナオユキの父親が、同じ東京の大学出身で、二人は知り合いだったからだ。さらに、おいしいことにニシジマオリトの父が若《わか》き日《ひ》のハヤミナオユキの両親の結婚式披露宴に、友人として出席をしていたのだ。その当時の写真もあるぞ。これぞ二度おいしい薔薇色《ばらいろ》の人生《じんせい》。だからこそニシジマオリトはハヤミナオユキに感謝の意を表《あらわ》し、抱き付くという暴挙《ぼうきょ》に出てしまったのだ。むしろ感動の再会に己《おのれ》を抑《おさ》えられなかったともいう。いずれにしても、親も知る公認の友人を持つとは晴《は》れ晴《ば》れとして気持ちのいいものだ。しかし、研究の切っかけとなったハヤミの父親が何をしているのか答えるまでは、こうなるとは思いもしなかった。『ハヤミナオユキの父親は、外交書記官を務めて外国で働いている』そう答えた直後に父の顔色が青ざめ、思い出したように行動《こうどう》が早く、そして抱えもつ大きめのダンボール箱をリビングの床に置いた。そして父は大学時代の思い出のなかから、フォトアルバムをめくりオリトにその写真を確認させた。結婚の披露宴で写る新郎《しんろう》の顔？　そしてオリトは見た。新郎のシャープな顔立ち。写真のなかで笑《え》む面影《おもかげ》が、何となくハヤミに似ていた。それを父に伝えた。重く答えた父の背中が落胆をして、その肩が震え始め、豪快《ごうかい》な笑い声を上げたのだ。それからという父は明《あか》るい顔で、いつもニコニコとしてハヤミナオユキの話題を口《くち》にした。そして父が出した提案によりハヤミナオユキを祝賀会に誘うべくして文系のキャンパスに顔を出し、みごとにフラれてしまった。という空《むな》しい経験をしてしまったのである。でも、ハヤミナオユキには、まだ内緒《ないしょ》だぞ？　父親同士が知り合いだなんて。こんなおいしい話を早々に、してやるものか？　楽しい話は最後まで残しておく。なぜならギャフンとして驚くハヤミの顔が見てみたいからだ。そこに声がした。

「いつまで笑っている」

そう言って見つめるヤナギダシュウイチの存在に、オリトは驚《おどろ》いた。そして、言った。

「まだ居たのか？」

言ってオリトは首を振った。すでにハヤミの話は終わっていて、意味がないからだ。そこにヤナギダが歯《は》ぎしりを起《お》こし叫《さけ》んだ。

「いて悪いかッ」

言って、顔を逸らし思った。疲れる。そんなヤナギダは気持ちを切り替えて、足を戻した。そこにニシジマオリトの頬《ほお》が緩《ゆる》み、親《した》し気《げ》に言った。

「心根《こころね》の優《やさ》しいヤツだな？　お前は」

そう言って肩《かた》に慰《なぐさ》めの挨拶をした。ヤナギダは気持ち悪いと思った。見透《みす》かされた気《き》がした。首を振るヤナギダシュウイチを見て、ニシジマオリトは答え言った。

「何も悩むこともないだろう？　肩の力《ちから》を抜いて素直になれよ。それではまるで楽しむ余裕を無くした今《いま》のハヤミと同じに見えるぞ？　て言うか？　まさかお前？　自覚がないのか」

驚《おどろ》き言って首を振った。何《なん》てこった。そんな息をつき、ニシジマオリトは己《おのれ》の記憶を辿り考えた。今日はハヤミナオユキを誘いに来た。楽しむ余裕を失ったハヤミを気にして、そこで目が合ったヤナギダシュウイチに声を掛けていた。妙《みょう》に回《まわ》りくどいと思った。ハヤミの話をエサにして鎌《かま》をかけた。ゆえの嫉妬《しっと》を被《かぶ》り、手を痛めた。その痛みはすでに消えていた。そんなニシジマオリトは思った。疑問に対して夢中になるハヤミと同じくしてニシジマオリトは〝アウトオブ眼中〟になりやすい。なのでアッサリとした関係を好《この》むようになった。そして、ヤナギダシュウイチに謝り尋ねた。

「オレはこういう自己中心的な性格だ。周りが見えなくなるときがある。無視をしていたワケではないが気を悪くしたのなら謝る。悪かった。それで？　こんなオレに何の用だ？　オレは何もしてやれないぞ？」

　言って首《くび》を傾《かし》げた。ヤナギダシュウイチは首を振り思った。せめて携帯電話の連絡先を教えてもらおうと思い、追ってきたのだが。すでに話にならない。そう思うヤナギダシュウイチは短く答えた。

「足止めをさせ済まなかった。気をつけて帰ってくれ」

　そう言って踵を返した。そして足を進めながら思った。何をやっているのか。そもそも間違いだった。他人《ひと》を当てにするなど一度もなかった。問題事を前にして考え、答えを出す。いつも一人だった。今さら何を望むのか。そう思うヤナギダは息をついた。そこに声が上がりヤナギダを呼んだ。オリトが叫んだ。

「ハヤミにヨロシク言ってくれぇ。オレの連絡先はハヤミナオユキが知っているからぁ。じゃあなぁ」

　そう言って腕を振り車に乗《の》り込んだ。そんなオリトを乗せた（妖精《フェアリー》の名を持つ）赤いスポーツカーが走り、大学の正門を抜けて行った。ヤナギダは首を振った。そこに声がした。それは同じ文学部に通う男子学生《ユウキカズト》だった。何《なん》となく付き合いがあるカズトが尋ね言った。

「今の？　高級国産車だろう。あんな車に乗る学生と知り合いだったのか？　ハヤミナオユキって叫んでいたけど。法学部に通う噂の学生だろう？　スゲェよなぁ。あ、待てよ」

そう言って、歩くヤナギダシュウイチの側に慌《あわ》て来た。カズトの存在に、ヤナギダシュウイチは声を掛け、言った。

「そんな話よりも。出来たのか？　抱える小論文は」

そう言った、直後だった。渋い顔をしたカズトが答え言った。

「お前こそ。教授に提出予定の論文は、出来ているのか？　ヤナギダ」

その話にヤナギダの足が止まった。それは神話《しんわ》の〝新種の龍伝説〟についての報告論文だったからだ。しかし、忙《いそが》しそうな身《み》の上《うえ》のハヤミナオユキを相手にしては、まだ初期段階にも達してはいない。しかもそれは教授が出した神話《しんわ》の仮説であり可能性の域を出ないものだ。そう思うヤナギダは息をつき、カズトに言った。

「架空伝説に正しい答えなど存在しない。立証はムリだ」

そう言って足を進めた。そんなヤナギダに慌て来て、カズトが言った。

「なに片意地《かたいじ》を張《は》ってるんだよ。そんなの当《あ》たり前《まえ》だろう？　もっと臨機応変に物事を考えろよ。そんなお前だからこそ教授は神話《しんわ》の架空説のテーマを託《たく》したハズだろう？　物事は一方的にあらず。あらゆる可能性を考える。教授が言った教えだぞ。それらは基本中の基本だろう。もう何をやっているんだよ」

言って息をついた。そして、無言に何かを考えるヤナギダを見て、カズトは続き言った。

「肩の力《ちから》を抜いてリラックスをしろよ。そんなに固く意地を張っていたら見えるものも見えなくなるぞ？」

そう言って見つめた。ヤナギダの表情が緩《ゆる》み笑顔で呟いた。

「なんだ。そういうことだったのか」

そして笑い声を弾ませた。そんなヤナギダを見て、カズトは思った。ヤナギダシュウイチは元々《もともと》明るい性格をしていた。なのに何故《なぜ》なのか、ふと気付いたころからカズトを避《さ》けるようになった。冷《さ》めた言葉を聴かされ続けた。人間《ひと》を寄《よ》せ付《つ》けない態度が続いた。だけどそれも終わりを迎《むか》えたようだ。カズトは尋ねた。

「何があった？　そんなに楽しいことなのか？　オレにも教えてくれよ。なぁ？」

言ってヤナギダの笑みを見つめた。カズトの愛《あい》らしい顔を見て、ヤナギダは首を振った。話せば長くなる。それが答えだったからだ。ヤナギダシュウイチは顔を上げた。そして目に映る学生の姿を見た。まるで大学に入学をしたころの気分を味わえた感じで、スッキリとして気が晴れていた。なぜこんな簡単なことに気づけなかったのか。ニシジマオリトは最初からそれを持っていた。まるで道化師《ピエロ》のようにふざけた野郎に見えたニシジマオリトは、それを持っていた。答えは心《こころ》の〝ゆとり〟だった。ヤナギダシュウイチはそれに気づいて己《おのれ》の盲目さにピリオドを打ったのだ。そして、同じ文学部に通うユウキカズトの話を聞き、差し出された小論文《レポート》の紙を手にして、ヤナギダは目を通し始めた。そんな興味の最中《さなか》を、ユウキカズトが嬉《うれ》しそうに雑談を始めた。

「それを完成させたら次はお前の論文を手伝ってやるよ。なにしろあの法学部に通う噂の学生、ハヤミナオユキが持ち込んだ〝天空の龍について〟だからなぁ？　大いに興味をそそられてワクワクしてくるよ。だからさぁ。オレにも手伝わせてくれよう？　そんな、古典文学の新たなる歴史の解釈よりも、天空の龍についての論文が書きたいぞう」

言った。そこに紙がバサッと振り下ろされた。そしてヤナギダシュウイチが言った。

「書き直す箇所がいくつかある。手伝ってやるから、お前も来い」

そして史料室へと足を向けた。その部屋はハヤミナオユキが教授を訪ねてきたときに、ヤナギダが調べものをしていた〝あの場所〟だった。ふと、足を止めた。スタートダッシュが遅いユウキカズトに呼びかけ言った。

「何をしている。早く来い」

そう言った。ヤナギダの前に現れ来て、ユウキカズトが寂しくほざいた。

「オレも〝龍伝説〟調べてみたいよう」

そう言って己《おのれ》の欲望にだけは素直な奴である。ヤナギダシュウイチはもろもろの事情を走馬灯《そうまとう》のように考え思《おも》い出《だ》して、率直にして答え言った。

「その話なら却下だ。なぜなら話を持ち込んだハヤミナオユキを捕えられない。話にも掴みどころがなく手をこまねく有様だった。ゆえに諦めろ。そのほうがお前のためだぞ？」

言って足を返した。その話を待っていたように甘えた声で催促をするカズトを見て。ヤナギダは手に持つ小論文《レポート》の現実を、言った。

「あのさぁ、お前。これが何か分かるか？　お前が進級できるかどうかの論文だぞ？　これを未完に終わらせ落第生のレッテルを貼られたいのか？　恥ずかしいぞ？　ああ、オレが恥ずかしいぞ」

首を振り言った。ヤナギダシュウイチは、ユウキカズトの暗い顔を見た。そして言った。

「そんな顔をするな。古典文学が苦手なのはお前のせいじゃない。翻訳、文法の段階で一度はチェックを受ける。聞き慣れない言葉使いに戸惑ったりもする。要は古典文学に慣《な》れ親《した》しむことだ。それまではオレが視てやる。だから素直に付いて来い。論文を書き直す前に要点を確認する必要があるんだ。そのあとは己《おのれ》の言葉で思いつくままを文章に書け。そこはお前の自由だ」

そう言った。ヤナギダに向けてカズトの顔が明るい笑みを浮かべた。そして言った。

「お前って根《ね》は優《やさ》しくていい奴だな」

そう言ってお茶らけな軽い動作をした。それを見たヤナギダは、首を振り思った。医学生のニシジマオリトを思い出すからだ。〝心根《こころね》の優《やさ》しい奴だな〟確かにニシジマオリトはそう言った。ほんの少しだけ会話をした。ものの十分《じゅっぷん》ほどでニシジマオリトは同じ言葉を口《くち》にした。そして彼はこうも言った。ハヤミナオユキが知っていると。言い換えればそれはハヤミナオユキを通して連絡を入れてくれという意味をもつ。さすが法学部二年のハヤミナオユキと五年の付き合いがあると言い切った奴だ。その洞察《どうさつ》力《りょく》の強《つよ》さに感服をする。

そこに、古典の苦手《にがて》なユウキカズトが「早く」と呼んだ。ヤナギダシュウイチは手に持つ小論文《レポート》を見て、駆けだしながら思った。神話《しんわ》の、新《あら》たなる龍神伝説《りゅうじんでんせつ》の仮説を立てた教授には、思いっきり残念がられていただくとしよう。それですべてが白紙に戻る。もう逢うこともないだろう。ヤナギダシュウイチはそう思い、すべてを過去のものとして、文学部の史料室を目差した。

しかし人伝《ひとづた》いの噂話はヒソヒソとして広がり、〝金曜の赤い車〟として三日後の月曜日には、チョコレートを求めるシノハラミスズの耳に届いたのだ。その反応も早く、ヨシノサクラコにも〝ハデな車の友人〟として耳にするのだった。

その噂話を、ハヤミナオユキは水曜のお昼ご飯を前にして、法学部に通う友人の男子学生の口《くち》から質問として、尋ねられた。

〝赤い車のハデな友人は誰だ〟ハヤミは考えた。親族縁者から遠縁の者。オキノケイスケにイケガミシノブ。そしてアズミタカシにツガワセイイチロウに、茶髪のアイハラツグミ。それに高校時代のトモヤにシゲユキ、八月《はちがつ》の招待状の元クラスメイト。そしてスイミングスクールの友人たち。それらを考えながら。ハヤミと同じくして家《いえ》の送迎車付きのニシジマオリトを除外にして、尋ね言った。

「いったい誰の話をしている？」

ハヤミは他《ほか》に、赤い車の友人という存在に心当たりがなかった。そして、オープンテラスのテーブルに置いたお弁当を前にして、息をついた。それは新しく入ったお手伝いさんの手料理が詰まったお弁当で、箸《はし》で、つまみ上げる味付《あじつ》けの違《ちが》いが喉《のど》に詰《つ》まり、思い出してしまう。マキさんが作った美味《おい》しいごはんが食べたい。しかしそれは先週末に起《お》きた出来事《できごと》の現れで、すでに後戻りはできない。サラダ、ドレッシングの味《あじ》に首を振る。ソースの味付《あじつ》けに違和感を覚える。お米《こめ》のご飯《はん》に甘みがなく、ふりかけが欲しくなる。そんな現実を前にして、ハヤミは思う。幼い頃から馴《な》れ親《した》しんだマキさんのごはんが食べたい。もうイヤだ。おにぎりでもいい。マキさんのごはんが食べたい。そんな思いに悩み、それでも食べなくてはいけない家の事情に食《しょく》も細《ほそ》くなる。そんなときだった。まるで様子を伺うような女子学生がハヤミに声をかけ言った。

「あのう、ハヤミナオユキさん？　ですよね？　法学部二年の？」

そう言って不思議そうに見つめた。ハヤミは言葉もなく直後に、強《つよ》い眼力《がんりき》に気づき黒髪ショートの女子学生を見た。そして呟いた。

「そうだけれど、何かボクに用《よう》……」

そう言って、ハヤミは逃げたいと思った。直後に女子学生の咎《とが》める声がして、腰を戻した。ハヤミに向けて、四角い布包みを両手で差し出し、言った。

「大学裏門のところで、届けてほしいと頼まれました。年齢は二十歳《はたち》前後で、背筋《せすじ》の整ったスマートな身のこなしの、言葉づかいの正《ただ》しい人間《ひと》で。渡《わた》してくれたら分かるからと名前も告げずに自転車のペダルをこぎ、去《さ》って行《ゆ》かれました。まずはこれを受け取ってください。ハッキリ言って迷惑です」

そう言って、テーブルの上に布包みを置いた。そしてハヤミの耳元に口《くち》を寄《よ》せ、囁《ささや》いた。

「赤いスポーツカーの男子学生と付き合うのはやめなさい。悪い印象しかもてないわよ」

そう言って身を起こし、切れるような冷めた目をして続き言った。

「お邪魔をしたわ。さようなら」

ツンとした顔をして離れて行った。ハヤミナオユキは思った。ものすごい拘《こだわ》りを持《も》つ潔癖症。それゆえの固い鎧を身にまとう心寂しい女子学生だった。そこに友人の男子学生がハヤミに声をかけ座りながら言った。

「なぁ、今の。文学部三年のアキヅキ女史だよな。口《くち》を開《ひら》けば負けなしの口調で相手を圧倒《あっとう》するって噂の？　まさか、お前、知らずに逃げようとしたのか？」

そこに別の友人が来て、からかい言った。

「よせよ。こいつの場合は。そもそも人間《ひと》に対して関心がない。あるのは思い浮かぶ疑問の謎解きだけだ。そうだろう？　ハヤミ？」

そう言って、お手伝いさんが用意したお弁当のおかずを指先《ゆびさき》でつまみ、口《くち》に入れた。そして食《しょく》しながら飲み込み、呟き言った。

「それにしてもお前、ここ最近になり食《しょく》が細《ほそ》くなったよな？　胃腸の調子でも悪いのか？」

そんな友人の問い掛けに、ハヤミは首を振った。そして答え言った。

「作ってくれる人間《ひと》が代《か》わったから。まだその味付けに慣れていない。それだけだよ」

そしてハヤミは先《さき》ほど渡された布包《ぬのづつ》みを開《ひら》いた。その横《よこ》を、つまみ食いをした友人が腰を折り、手に拾いあげた。そんな一枚のメッセージ入りの紙を、ハヤミに向けて言った。

「女性からの差し入れのようだな？　そのプラスチック容器に入ったお弁当は」

そう言ってハヤミを見た。その友人の質問に対して、ハヤミは弁当《これ》を届けてくれたアキヅキ女史の話を思い出して、首を振った。なぜなら日曜の夕刻に、家の事情を聴いて驚きな顔をした寺《てら》のセイイチロウを、思い出したからだ。そしてハヤミは答え言った。

「その紙を見れば分かるよ？　セイイチロウと名前が入っているハズだから」

ハヤミは蓋《ふた》を開《あ》けた。お弁当の中身は〝酢豚〟だった。それはセイイチロウの得意料理で。ハヤミは嬉し懐かしい思いで箸を使い、甘酢餡に絡んだ豚肉の唐揚げを、口《くち》に入《い》れた。そして広がる和風味のおだしに豚肉の旨みが醤油と絡み合って、サッパリとして頂ける。そんな味わいを咀嚼《そしゃく》に楽しみながら、ハヤミは日曜の夕食から（月・火・水曜の昼食なので）数えて三日ぶりの食事にありつけたのだ。それはまるで〝地獄で仏〟こと、寺の息子のセイイチロウはハヤミにとってまさしく仏様のように、ありがたい存在である。そんなセイイチロウの手作り酢豚のお弁当に、トッピングをされた緑色のブロッコリーを食《しょく》しながら、ハヤミは感謝をするのだった。

そこに友人の男子学生が、メモ用紙に書かれた疑問をハヤミにぶつけ言った。

「これはどう見ても女性の字だ。まるで型《かた》にはまったようなバランスが取れた文字を男が書けるハズがない。そうだろう？　ハヤミ。どうなんだッ」

テーブルを叩き力説を述べた。ハヤミはそんな熱気を立てる友人を見て、息を吐いた。そして問題の紙を手にして、目を通した。

〝これでも食ってろ、追伸、携帯電話の電源を切るな、バカ。セイイチロウ〟

それは間違いなくセイイチロウの字で。グチをこぼす姿が目に浮かびそうだ。そんな心楽《こころたの》しく思うハヤミは事《こと》の真相を偽りなく答え言った。

「正真正銘これは、オレが知っているセイイチロウの字で。間違いなくその文章はセイイチロウの言葉だよ」

そう言って問題のメモ用紙を差し出した。戸惑いの表情をした友人の手が用紙を受け取り、困り顔を逸らした。それを見たハヤミは再び美味《おい》しい食事に箸をつけた。黄金色の甘酢餡に絡んだ人参とピーマンを口《くち》に運び、咀嚼をして広がる野菜の旨みに酔いしれる。粉末状《ふんまつじょう》のふりかけを散《ち》らしたご飯を箸に取り、口《くち》に運ぶ。潮騒《しおさい》の香りで広がる魚の旨み成分が心地よく鎮座をしていくのが分かる。それらはやがてハヤミの血《ち》となり肉《にく》となり骨《ほね》となる。五目豆《ごもくまめ》に味を整えた大豆の旨みが優《やさ》しく箸休めに丁度いい。そして甘酢餡に絡めた豚肉の唐揚げを口に頬張《ほおば》り、咀嚼をして喜びの味に浸《ひた》る。そうハヤミの身体が嬉しく感じて、求める食事を続けた。そこに激《はげ》しい音《おと》がした。

ハヤミが食《しょく》するオープンテラスのテーブルを叩《たた》き、複数の友人らが同時にハヤミに声を浴びせた。ハヤミは百《ひゃく》の議論《ぎろん》を聴かされた気分で首を振った。そこに友人の一人がハヤミに尋ね言った。

「どうなんだ、ハヤミ。このセイイチロウという人物が何者なのかを、お前の言葉で、たっぷりと釈明をしてもらおうか」

言って、用紙をハヤミの前に押した。それはハヤミが食《しょく》する手作り弁当に添えられていた、セイイチロウのメッセージだった。

「これが、悩みのタネ？」

そう言ってハヤミは思った。釈明をするって？　誰に？　何を？　見つめる友人の男子学生らがハヤミに頷き返した。ハヤミは大学《だいがく》の友人らを見て、考えた。そしてあることにふと気づき、思った。なるほど、寺《てら》のセイイチロウを知らないからだ。これまた失礼を。思い友人らに深く頭を下げた。それを見た友人の一人が、ハヤミに声をかけ尋ねた。

「それで？　そのメッセージを書いたセイイチロウとお前は、どういう間柄なんだ？　〝赤い車のハデな友人〟といい、噂がたえない。なので、もろもろの関係性を明白にしてもらわなければ納得もできないぞ？　ハヤミ？」

そう尋ね言った。ハヤミは考えた。寺のツガワセイイチロウは幼い頃から側にいて、すでに十五年、十六年の付き合いになる。そんなセイイチロウの何を、どうやって説明をすればいいのか？　そしてハヤミは、セイイチロウが書いたメモ用紙に、目を通した。

〝これでも食ってろ、追伸、携帯電話の電源を切るな、バカ。セイイチロウ〟

そして耳に聴かされた友人らの意見を思《おも》い出《だ》しながら、セイイチロウの書体について、を考えた。同じ小学校に通い始めて、書道の授業でセイイチロウの書風が褒められるほど美しいと、ハヤミは知っていた。それで幾度かの金賞を受けたこともある。そんな過去の話をどうやって？　説明をすればいいのか？　そう考えるハヤミの思《おも》い出《で》のなかを、悪戯な小学生だったケイスケの顔が浮かび言った。

『誰も信じないからな。記念の写真を一枚』

そう言って当時の展示発表会でのセイイチロウを携帯電話のカメラに収《おさ》めた。それを思い出した。そしてケイスケに連絡を取るべくして携帯電話の電源を入れた。直後に音が響いたので慌てて、手《て》の平《ひら》の上《うえ》でもたついた。ハヤミは息をついた。音を鳴らす相手を画面に見た。オキノケイスケからの電話で、ハヤミは応《おう》じて答え言った。

「ちょうど良かった。連絡を取りたいと思っていたところだったから」

そう言った。そんなハヤミの携帯電話を通してケイスケのダミ声が響いた。

「ふざけるな、バカ野郎う。何度、お前の携帯電話を鳴らしていると思ってるんだッ。五《ご》回だぞ？　五《ご》回《かい》。その六回目でようやく繋がったと思えば『ちょうどよかった』だとう、何を考えているんだッお前はッ」

そう叫ぶ声の奥で壁をゴンと突く音がした。そしてケイスケの声が痛《い》ってえと嘆《なげ》いた。そんなケイスケを思い、ハヤミは携帯電話を通して尋ねた。

「大丈夫なのか？　ケガはしていないか？」

なぜならハヤミが知るオキノケイスケは、やんちゃで落ちつきがなく、白い包帯をしていることが多かったからだ。そして携帯電話を通して、ケイスケに尋ね言った。

「お前のことをよく知る〝動物病院の先生〟に連絡を入れようか？　ケガをしたらしいと。速攻で駆けつけてくれて診てくれると思うぞ」

そう尋ねた。ハヤミの携帯電話の奥からケイスケの声が拗《す》ねて答えた。

「うるさいッ」

言ってケイスケは息を吐いた。そんなケイスケは改《あらた》めるようにして、携帯電話を通してハヤミに用件を話し、言った。

「なぁ？　ハヤミ。環境ホルモンという言葉に聞き覚えがあるだろう？　ちょうどオレ達が生《う》まれた頃に発足《ほっそく》をした話だ。今ではオゾン層の破壊《はかい》やら何やら学校の教科書で習った地球環境問題のほうが広く知られているらしいけどな？　それらの有害物質が生態系に影響を及ぼす可能性があるらしいと。やがては人間《ひと》のオレ達にまで関わってくるという話だ。それをアノ獣医の野郎う。その話にとんでもないことを言いだしやがった。このオレに、子供が残せるかどうか調べてもらってこいッだとう。くそッ。あの野郎う、オレを何だと思っているんだッ。くそッ。うりゃあ、ああ」

声を張り上げ、角材を踏みつけ、頻《しき》りに暴れた。そしてフンとして廊下の窓枠に腰を据えたのだ。そんなケイスケの側《そば》の引き戸が荒々《あらあら》しく音を立て開《ひら》き、男子学生の勢《いき》り立《た》つ罵声《ばせい》が言った。

「てめえ。さっきから何を暴れてるんだッ。うるさすぎて全く集中ができないじゃないかッ。はっきり言って迷惑だッ。電話の相手と話が済むまで戻ってくるなッ。今すぐここを出《で》て行《ゆ》けえ！」

ものすごい勢いで、そう言った。男子学生の首が横に揺れた。そして一息をついて、オキノケイスケに謝まり言った。

「どなりつけて悪い。課題に集中できない理由をお前のせいにした。余裕がないんだ。電話を掛けてくると度々《たびたび》に席《せき》を外《はず》されていてはこうもなる。だから私用の電話を済ませて早く戻ってきてほしい。それだけだ」

言いながら首を振り踵を返した。オキノケイスケは見て思った。心のデリケートなヤツだった。繊細なヤツだった。そう思うケイスケは男子学生の離れ行く背中を見て言った。

「悪いな？　十五分《じゅうごふん》ほど離れる。あまり根《こん》を詰《つ》めて考えるなよ？　身体に悪いから。それじゃな。また後でな」

言って明るい合図を送った。ケイスケは歩きながら携帯電話を通して、話があるハヤミに向けて声を掛けた。

「おおい、待たせて悪い。さっきの話の続きだけどな？」

言ってふと足を止めた。携帯電話の奥を流れる複数の声に、ケイスケは耳を澄《す》ました。それは女性という発言に対してハヤミが否定を繰り返す様子が、垣間見える内容だった。ケイスケは何をやっているのかと首を振った。そして携帯電話を通してハヤミに叫び言った。

「オレの話を聴きやがれ！」

そして冬空の元《もと》を目差し走った。

そんなオキノケイスケはハヤミの話を聴き、策《さく》を講《こう》じたのちにして、頼まれた小学生《ガキ》の頃の写真を電子メールでハヤミに転送をした。そして今は静かな携帯電話を眺めた。そして思った。今さら何故《なぜ》ツガワセイイチロウが小学生のときに受賞をした、書道の写真が必要になるのか？　さっぱり分からん。それがどうした？　てな感じだったからだ。むしろケイスケは言い訳のように聴かされたアズミタカシの話に驚いた。ハヤミの携帯電話をアズミタカシがブッ壊《こわ》した？　とても信じられない話だと思った。しかし高二《こうに》の夏《なつ》を思《おも》い出《だ》して、ハヤミをまるで目《め》の敵《かたき》のようにして絡《から》みたがるアズミタカシを思《おも》い出《だ》して、ケイスケは息をついた。よく分からない。それが素直な気持ちだった。そして今は静かな携帯電話を眺めて、待《ま》ち惚《ぼう》けな気分になる。

そんなケイスケを兄《あに》として年歳《とし》の離《はな》れた二人《ふたり》の弟がいる。昔の写真のデータを求めて、町の中学校に通う下《した》の弟《おとうと》（すでに卒業予定なので暇《ひま》そうにしている）中学三年のヨシヒロに頼《たの》み事《ごと》をしたのだ。自宅に残していた写真のデータを弟のヨシヒロから受け取り、ハヤミに転送をした。とまぁタネを明《あ》かせばこんなものだ。そしてヨシヒロは無事に中学校に戻れたのかどうか。ケイスケはその連絡を待っていた。しかし校区内の歩いて十五分《じゅうごふん》ほどの距離を、ヨシヒロは何をもたついているのか？　昔のデータを探したついでに部屋《へや》を漁《あさ》っている？　イヤイヤ、叱《しか》られる怖《こわ》さを知《し》るヨシヒロにそんな度胸《どきょう》はない。走る車に接触をして交通事故に巻き込まれた？　イヤイヤ、それならば所持《しょじ》をする生徒手帳を見て、学校を経由して両親から直接にしてケイスケに連絡《れんらく》が入るハズである。なぜなら子供の一大事《いちだいじ》を無視するような、薄情な両親ではないッ。なので、これも却下だ。ありえない。そう思う大学生のケイスケを兄《あに》として五歳《ごさい》も年下《としした》のヨシヒロは甘《あま》え上手《じょうず》で、小《ち》さいものに対して優しいところがある。そして嘘をつかない。しかし物事などに対して優柔不断になるときがある。部屋を片付けられない性格ゆえに泣《な》き虫《むし》で必要以上に手《て》が掛《か》かる。そんなヨシヒロの足《あし》を止《と》めるものといえば犬《いぬ》や猫《ねこ》で？　ネコぉ？　まさかあいつ、拾《ひろ》ったりしていないだろうなぁ？　捨《す》てネコとかぁ？　ああ、もう。兄《にい》ちゃんは心配《しんぱい》だぞう？　頭《あたま》を抱《かか》えた。

悩むオキノケイスケの携帯電話が着信《ちゃくしん》の音《おと》を上げた。鳴り続ける電話の相手は、ヨシヒロだった。通話の状態にして無事を尋ねた。

「どうしたヨシヒロ。何があった」

焦りから、そう言った。そんなケイスケの耳にヨシヒロの困り声が届き言った。

「子猫を拾《ひろ》ったあ。どうしよう、兄《にい》ちゃん？」

だったのだ。ケイスケは首を振り、痛く思った。ああ、もう。バカバカバカーッ。何故《なぜ》こうなる？　なぜ子猫を拾《ひろ》う？　いつになれば気が済むんだ。小動物を拾《ひろ》うというヨシヒロの変《か》わった癖《くせ》は？　そう思い、さらに考えた。三年前にも同じことがあった。時期《じき》もちょうど今ごろだった。ヨシヒロは手を出せずに子犬の様子を気にしていたようだ。その子犬を拾い、大きな西洋館に連れ帰った人物が、西《にし》のイケガミシノブだった。その年《とし》の夏休みに、高校二年だったハヤミがケイスケの自宅を訪《おとず》れた。小学生だったヨシヒロは〝御祓《おはら》い〟をハヤミに懇願《こんがん》をした。『シノブお兄ちゃんは悪くない。だから助けてあげて。ユキ兄《にい》……』まぁ甘《あま》え上手《じょうず》なヨシヒロの話に心《こころ》を揺《ゆ》り動《うご》かされた。そのときの話は、西《にし》のイケガミ家《け》と東《ひがし》のハヤミ家《け》はそもそも仲《なか》が悪《わる》い、という理由からして白紙となった。しかしヨシヒロがまた、子猫を拾った。それも三年前と似《に》たような時期に？　これはもう何かの前兆《ぜんちょう》としか思えない。兄《にい》ちゃんは悲しいぞう。思い首を振る。そんなケイスケに向けて空気《くうき》を震《ふる》わせ意思を伝えるものがいた。

『何をしている。答えてやらぬか』

それはケイスケの身長をも上回《うわまわ》るデカさの、捕食動物のキバを向く白いトラだった。それはエネルギーの塊《かたまり》のような存在で、実体と呼べるものがない。用があるときにだけ、ケイスケに見える状態で現れて、勝手気ままに意思を述べる。そんな陽炎《かげろう》のようなエネルギー体の化け物に、ケイスケは今年の正月から一《いっ》ヶ月半《げつはん》もの間《あいだ》をずっと悩まされ続けている。それに向けてケイスケは叫んだ。

「うんざりだッ。消えてくれッ」

そう叫び拒否をした。そこに、その大学の構内を歩き驚いた学生の顔を見て、我に返る。ケイスケは頭を悩ませた。何も見えない、聞こえない。何も存在しない。ケイスケはそう、己《おのれ》に言い聞かせた。そして携帯電話を通して呼び続けるヨシヒロの声を聴いた。そんなヨシヒロの話を聴いて、ケイスケは返答に尋ねた。

「手《て》の平《ひら》サイズの四角いもので、温《ぬく》もりが残るものといえばアレだ。使い捨てのカイロ。まだまだ夜は冷えるからなぁ？　となると誰《だれ》か他《ほか》にも世話《せわ》を焼《や》いている？　そうならないか？　むしろ他《ほか》に何《なに》か気《き》づいたものはないのか？　子猫が入っていたというお米二《こめに》キロの大きさの箱の中《なか》を、よく探してみろよ。でなければ、入っていたというタオルを大きく振ってみろッ。何か出てくるハズだからッ」

ケイスケはそう言って息を吐いた。その携帯電話を通し耳に届くヨシヒロの楽しそうな独り言を聴き、思った。何をやっているのか？　それはまるで十五歳の少年が子猫を相手にして燥《はしゃ》ぐ様子が、垣間見る

ほど伝わるからだ。中学三年のヨシヒロは一応《いちおう》それなりに受験生である。つまり、ここで強く言ってお
かなければ両親に申《もう》し開《ひら》きが立《た》たない。そう思うケイスケは腹を据えて、携帯電話を通してヨシヒロに
現実を伝え言った。
「おおい、ヨシヒロ。お前、公立高校の受験はどうするんだ？　残り一ヶ月もないぞ？　自信はあるの
か？」
そう尋ねた。そして背後の気配に振《ふ》り返《かえ》ってみた。白《しろ》くデカい顔《かお》を前《まえ》に見《み》た。ケイスケの長い足が邪
魔だと宙《ちゅう》を舞《ま》った。実体もなく煙のような白いトラの顔を目差し、ケイスケの握《にぎ》り拳《こぶし》が宙《ちゅう》を貫《つらぬ》く。そし
て身体を捩《よじ》る勢《いきお》いで長い足を振《ふ》り下《お》ろした。反動で地面から伝わる足の痺《しび》れに声を上げた。
「痛《い》ってえッ」
言いながら痺れる足を抱え飛《と》び跳《は》ねた。ケイスケの道化《どうけ》ぶりを楽しむ学生が、明るい声で叫び言った。
「いいぞ、オキノ。お前のパフォーマンスは最高に面白《おもしろ》い。学園祭の出しものにしてくれ」
そう言って明るい笑顔で友人たちと共に歩いて行った。そんなギャラリーの姿を見送り、ケイスケは
思った。ま、いいか。この際はどうでもいいことだった。なぜなら白いトラがケイスケを見つめている
からだ。ケイスケは白いトラを不気味に感じながら携帯電話のヨシヒロに声を掛けた。
「ヨシヒロ。お前はひとまず学校に戻れ。あとは兄ちゃんが何とかしてやる」
そう言って携帯電話の回線を切った。そして前を向いた。白いトラが空気を震わせ意思を述べた。
『それでもお前は〝守り手〟を担《にな》うもの。欠《か》けてはならぬもの。我《われ》は白虎《びゃっこ》、西方《せいほう》を司《つかさど》るもの。我を受

け入れよ。でなければ始まらぬ』

　そして口《くち》を大きく開《あ》け、息をついた。そんな欠伸《あくび》をして、続き意思を述べ言った。

『他《ほか》のことなど我《われ》は知らぬ。我は守り手の意思にて動く。我は白虎、西方を司るもの。決《け》っして忘れるでない』

　そう意思を述べた。その白いトラの気配が消えた。ケイスケは首を振り思った。さっぱり分からん。

　そして一息を吐き、考えた。白《しろ》いトラが伝えた〝守り手〟の話は高校二年の夏休みに初めて聴かされた。それはどこの田舎町《いなかまち》にもあるような伝説《でんせつ》や言《い》い伝《つた》えにも似た？　神話のようにも感じる戦国の世《よ》の、昔話だった。なぜならその話の根拠《こんきょ》となったものが何なのか？　獣医の野郎も寺《てら》の和尚《おしょう》も口元《くちもと》を閉《と》ざし、答えられなかったからだ。そんなこんなの押《お》し問答《もんどう》の末《すえ》に出た答えは単純なものだった。西《にし》の守《まも》り手《て》として、己《おのれ》で感じたものや思いついたことを口《くち》に出《だ》して、話をしてほしい。つまりそれは、寺の住職を務めるツガワセイイチロウの父親《ちちおや》を頼《たよ》れ。それがケイスケのオジに当《あ》たる獣医の野郎が出《だ》した答《こた》えだった。とどのつまり、西《にし》の守《まも》り手《て》をケイスケに押しつけ逃げたのだった。しかし誰《だれ》が逃《に》がすものかッ。それこそ最後まで付き合ってもらうぞ。とまぁ意気込《いきご》みを誓《ちか》ったものの、やっていることは子供《ガキ》の頃《ころ》からの延《えん》長戦《ちょうせん》のようなもので。せめぎ合《あ》いな関係が続いている。そのため〝守り手〟の話を白いトラに持《も》ち出《だ》されるまでは思《おも》い出《だ》しもしなかったのだ。そして白いトラは続きこうも言った。『我《われ》は白虎《びゃっこ》、西方《せいほう》を司《つかさど》るもの……』それは歴史の教科書で習った古墳《こふん》の壁画《へきが》にも出てくるように有名《ゆうめい》な話で。四獣四神（青竜《せいりょう》、白虎《びゃっこ》、朱雀《しゅじゃく》、玄武《げんぶ》）のひとつだ。しかし西《にし》の守《まも》り手《て》に西《にし》の白虎《びゃっこ》の組み合わせとは、話が出来すぎてないか？　まるで、ハイどうぞ。そう言われているように思えて？　すべてが最初から用意をされているような？　そう考える。不気味な寒気に首を振った。そして、もどかしく思った。そんな、じれったく感じる話はナシだ。捨て置く。却下だッ。そう思うケイスケは現実味のある話に、頭を切り替えた。

そんなケイスケは思った。今日は朝からハヤミに電話を掛け続けた。そしてようやく繋《つな》がったと思えばハヤミの一言。『ちょうどよかった』その言葉を皮切《かわき》りのようにして、ずいぶん遠回りをした。中学三年のヨシヒロは、学校が終わる放課後まで放《ほう》っておいていいだろう。拾《ひろ》ったという子猫の話は獣医の野郎に持ち込むとして。問題なのはハヤミナオユキだ。もともとハヤミはのんびりとしている。そして守《まも》り手《て》という昔話の根源《こんげん》となる（武家《ぶけ》の流《なが》れをくむ）ハヤミ家《け》の若君《わかぎみ》だった。そしてケイスケは思った。ハヤミのヤツ、オレのことを忘れてないか？　そう思うケイスケは手に持つ携帯電話の登録電話帳をめくった。そこに着信を報《しら》せる音《おと》がけたたましく鳴《な》り響《ひび》いたりしたものだから、危《あや》うくパニックを起《お》こしそうなくらいに驚《おどろ》くッ。そんな胸の高鳴りを落ちつけて、ハヤミからの電話の着信に応じて、素直に尋ねね言った。

「あ、ハヤミか？　さっきは何やら話《はなし》に手間取《てまど》っていたらしいが。寺《てら》の息子《むすこ》の写真《しゃしん》はアレで、よかったのか？　……ん、まぁそうだな。役に立てたのならいいけどさぁ。何故《なぜ》あんな昔の写真を欲しがる？　今さらってなぁ？　ガキの頃の写真だろう？　それも習字《しゅうじ》の受賞作品をバックに興味本位で写した？　あ？」

そうグチをこぼした。その話にハヤミがあっさりとして答えた。それはツガワセイイチロウの書体があまりにも整《ととの》いすぎていて。それを見た大学《だいがく》の友人らが女性ではと疑いを持ち。男だと証明をする必要があった。ハヤミが電話でそう説明をした。ケイスケはそれを聴いて、ハヤミに答え言った。

「それは難義《なんぎ》をしたな？　ご苦労なことで。それで？　何故《なぜ》そんな話になるんだ？　通《かよ》う大学《だいがく》の連中はツガワセイイチロウを知らないハズだろう？　何がどうなって書道の検定を持つツガワの話になるのか？　そこのところを詳しく話せ。原因は何だ？　……だからぁ、お前が通う大学の友人らの誤解《ごかい》を招《まね》く切《き》っかけとなった、根源《こんげん》を話せと言ってるんだッ」

拳《こぶし》を握《にぎ》りそう言った。ハヤミの声が迷惑そうにして、携帯電話を通し言った。

「まるで知恵《ちえ》が付いてきたようだな？　ケイスケ。それを知ってどうする。知ってしまった責任を負えるのか？　世《よ》の中《なか》は知《し》らないほうがよかったと思えるような話が数多く存在をする。頭を悩ませると分かっている話はできない。それでも知る勇気を持ち、悩み苦しむ覚悟があるようなら答えるが。オレは知らないほうがいいと思う。知らなければ良かった。そういう類《たぐ》いの話だ。ケイスケが知ったところで状況は何も変わらない。無駄だよ」

そう言ってハヤミは吐《は》く息《いき》に思った。家《いえ》の事情。生活環境の変化を話したところで、どうにもならない。すでに事《こと》は動き始めている。そのなかでも食《た》べものが困る。マキさんの美味《おい》しいごはんが食べたい。そう寂《さび》しく思うハヤミは携帯電話を通してケイスケに言った。

「それでも気になるようなら家《いえ》に来ればいい。お前の疑問の答えはそこにある。だからといって議論はしない。答えのない話はしたくないからだ」

言って息を吐いた。そして話題を替えて続き携帯電話でケイスケに尋ね言った。

「ところで、環境ホルモンの話はどうなった？　そのことで話があるのではないのか？」

そう尋ねた。ケイスケはその話題《わだい》を振《ふ》られて、頭を切り替えた。そして電話で言った。

「そうだったな。悪かったよ」

そう言って、三年前にハヤミが助けた白いカラスの話をして、続き、調査員のオオハシさんが出した意見について話を進め、言った。

「あの森《もり》はまるで結界《けっかい》でも張《は》り巡《めぐ》らせたような陸の孤島。それらを調べるためにガラパゴス諸島に旅立って行ったよ。そのオオハシさんが言った。『答えはそこにある』だとさ。オオハシさんがその分野に首を突っ込む切っかけとなったダーウィンの進化論の、博士の熱意を尊敬しながら満面の笑みを浮かべて。まずはサンタクルス島を訪ねてみると。そう言ってまるで恋人にでも会いに行くような顔をして……。ああ、もうッ。何かイラつくう。オレに散々《さんざん》やつあたりをして。あんなに手伝《てつだ》わせたクセにッ。何だよ、もうッ」

言ってケイスケは思った。あれは三年前の夏の日に、ハヤミ家所有《けしょゆう》の原生林の中腹にある山小屋に向かうメンバーの一人にオオハシさんがいた。女性だと知ったときにはさすがに驚いた。ハヤミ家所有《けしょゆう》の山《やま》は女性が足を踏み入《い》れてはならない。原生林の森は野生動物などの危険が多く、女人禁制《にょにんきんせい》とされてきたからだ。白いカラスの生態系を調査する。それが引き取り先の動物園が依頼《いらい》をした彼女の仕事《しごと》だった。そんなオオハシさんに、とんでもない弱点があった。理解できないものに対してヒステリックな声を上げた。側にいたケイスケは巻き込まれて、右往左往しながら助手のようにして動いた。そして今《いま》では理《り》系《けい》の大学《だいがく》に通《かよ》い、常《つね》に先《さき》を行《ゆ》くオオハシさんに置《お》き去《ざ》りにされたような気分になる。そんな思いを一息に首を振り、携帯電話を通してハヤミナオユキに声を掛け言った。

「オレのことはどうでもいい。それよりハヤミ。お前の家《いえ》が所有《しょゆう》をする原生林の、あの山は何だ。まるでそこだけ生息《せいそく》をする次元《じげん》が違って見える。何かあるとしか思えない。時間と空間が……。そのものが現代に合っていない。海の孤島でもあるまいし。何か仕掛《しか》けがあるのなら教えてくれ。でなければ何も納得できないぞッ」

言ってケイスケは己《おのれ》に対《たい》して首を振った。そして素直にワビを入れて続き言った。

「ごめん、やつあたりをした。答えのない話はしたくない？　だったよな。悪かった」

言って反省をした。なぜならハヤミは知らないからだ。オオハシさんが女性であることを。そして若君であるハヤミは戦国の世の村で起きた血《ち》みどろな昔話を知らない。寺の住職を父に持つツガワセイイチロウですら知らない話で。ケイスケは高校二年の夏の日に、寺の住職からそう聴かされていた。それらはつまり、ハヤミが電話で話をした〝知らないほうがいい〟という関連性の内容に近いものだった。そう思うオキノケイスケは話せない事柄《ことがら》を胸《むね》の奥《おく》に抱《かか》え込《こ》んで。環境ホルモンについてのみを携帯電話を通してハヤミに話し尋ねた。

「何はともあれ、だがな？　ハヤミ。白いカラスに関しての生態系の調査は終了している。ただ、オオハシさんが納得できないだけだ。これは三年前にも話したことだけどな？『なんで。どうして。何なのよ、もう』そう言ってはムキになったオオハシさんの我《わ》がままのようなものだ。今回のガラパゴス諸島行きにしても同じ理由だよ。それは進化論のようなもので。環境ホルモンの影響を受けて生態系が徐々に変化をして行く。場所によってはそのスピードはさまざまで。生きた化石と呼ばれる古代生物が生息をしていたり。その反面ではレッドアニマルとして絶滅の危機に直面をしている動植物などが、あげられている。それらの問題が取沙汰《とりざた》されたのがちょうど二十年ほど前のオレ達が生まれた頃の話だそうだ」

　そう言って息を吐いた。そして続き言った。

「その話で。もう聴いてくれよハヤミ。うちの親父がさぁ、その話で。ロボット系のフィギュアを持ちだしてくるんだぞ？　赤と青の、初号機《しょごうき》だの弐号機《にごうき》だのという話におふくろまで明るい顔で懐《なつ》かしんでさぁ。テレビシリーズのアニメに加えて劇場版を三本、モニターと二人掛けのソファを占領してさ。それで終《お》わったと思えば宇宙船団の移民計画を題材にした長編アニメを持ちだして。戦闘機《せんとうき》が二本足《にほんあし》のロボットに変化をするというアニメが長すぎるんだよ。もとになったオリジナル版だという三十年前の、親父とおふくろが小学生の頃のテレビアニメシリーズだぞう。それに加えて番外編というオリジナルシリーズが三本。そして近年になってその続編というテレビシリーズに加えて劇場版を二本だぞう。何《なに》を考えてるんだッとなるぞ。たくう。うちには受験生が二人もいるんだぞ。マコトは大学受験でヨシヒロは高校受験を控《ひか》えてるッてのに。国立と公立の受験に失敗をしたら、その責任は両親に取ってもらう。なにがプロトカルチャーの勉強だぁ？　いい大人《おとな》が、アニメを見て現実逃避をしてるだけじゃないか。

そりゃあ確かに？　地球環境問題に人類《じんるい》の存亡《そんぼう》をかけた分《わ》かりやすい内容だとオレは思ったさ。そういう時代《じだい》を生《い》きて今《いま》があると。何とかの大予言でどうたらこうたらな、世紀末な伝説があったと。しかしだな？　今は二十一世紀《にじゅういっせいき》だぞッ。少しはマコトにヨシヒロの現実問題を考えろッてんだ。とまぁアニメのデータを没収《ぼっしゅう》したりして色々とあったワケだ。それに、ヨシヒロのヤツがまた子猫を拾ったらしい。それは獣医の野郎に押し付けてやるつもりだよ。子猫の健康診断から里親探しまで、たっぷりと面倒を視てもらうつもりだぞッ」

フンと鼻を鳴らした。そんなケイスケはふと、周囲の静けさに気づき腕時計の針を見た。午後の講義開始の時刻をとっくに過ぎている。ケイスケは携帯電話に向けて叫んだ。

「今日は何曜だ、ハヤミ！」

その声にハヤミは驚《おどろ》いた。突然の出来事に反応が鈍《にぶ》る。そんなハヤミの手元にクリップの重みを付けたメモ用紙がテーブルを滑《すべ》り来《き》た。それは休講を理由にして、オープンテラスのテーブルを囲む自習の男子学生が、英文で書いた質問のメモだった。そこにはこう訳《やく》せる内容が書かれていた。

〝明日の木曜からの四日を、どう過ごす？　注意、日曜は国民的イベントのチョコレートデイだぞう。よく考えてみよう〟

メモにはそう訳せる英文が書かれていた。そして携帯電話を通して、オキノケイスケの質問の答えを、言った。

「今日は水曜だよ。ケイスケ」

そしてメモに書かれた英文の答えを、考えてみた。そこにケイスケの声が携帯電話を通し言った。

「そうか。今日は水曜だったのか。休講の知らせを見たのが先週の金曜だったからなぁ。いやぁ焦った焦った。あははははは」

そんなケイスケの楽しそうな声を耳元で聴《き》きながら、ハヤミはペンを走らせ書いた。

The answer is yes and no.（答えはどちらでもない）

そして明日《あす》からの予定を考えてみた。そこに携帯電話を通して耳に届くケイスケの声が弾《はず》んで、（二歳年下の弟）マコト君《くん》の大学受験《だいがくじゅけん》の話を始めた。その話では、ハヤミが知るニシジマオリトが通う、医大生になる予定だと言うのだ。ハヤミは思った。そういうことも間々《まま》あるだろう。そして英文のメモを見て、今週末の予定を考えた。週末の土曜、日曜は予定が入っている。明日の木曜日は神社職のおじさんが家に来る約束になっている。なので金曜の一日《いちにち》は自宅でのんびり昼寝でもしていたい。そう考える。そんなハヤミの耳に届くケイスケの家庭的な話題が温かく。ときおりグチりながら世話好きなケイスケらしいと思う話が続く。そしてハヤミは用紙にペンを入れた。それは家の事情により見送《パス》ると訳せる内容の英文だった。それをハヤミは、クリップの重さを利用して滑らせ、テーブルを囲む友人の手元に返した。そして合図を送り、ハヤミは席を外した。

そんなハヤミは歩きながら、携帯電話を通してケイスケに答え言った。

「そうだな。先《さき》を行《ゆ》く大人《おとな》を相手《あいて》にしては負《ま》ける。積《つ》み上《あ》げる経験上《けいけんじょう》の、貫禄《かんろく》の違《ちが》いだよ？　ケイスケが理解に苦しんでいる内容は」

そう言ってハヤミは木《き》を背にして、腰を下《お》ろした。そして電話のケイスケに続き言った。

「そう急《いそ》いで大人《おとな》になろうとしなくていい。目に映るものをしっかり捉《とら》えて、やるべきことをする。それらの積《つ》み重《かさ》ねによって人間《ひと》は大人《おとな》になる。その上《うえ》を目指《めざ》すと思《おも》うのなら記憶《きおく》として留《とど》めて。そのすべてを忘《わす》れないことだ。楽しいと感じたこと。苦しいと痛む思いに涙したこと。ムカついた感情をバネにして行動を起こせたことを。それらのすべての記憶《きおく》や経験《けいけん》がお前の宝物《たからもの》となる。しかしなぁ、ケイスケ？　まだ二十歳《はたち》そこそこの年齢で、二回《ふたまわ》りも先《さき》を行《ゆ》く親族《しんぞく》のオバさんに勝《か》てるワケないだろう？　オレたちはまだまだ経験が浅《あさ》いんだ。これから色々な経験を積み重ねて。築《きず》き上《あ》げて行《ゆ》けばいいことだろう？　何をそんなに不満《ふまん》がる必要がある？　二歳年下《にさいとしした》のマコト君《くん》に対して劣等感《れっとうかん》でもあるのか？　医学部を受験するってだけで？　分からないな」

そう言って息を吐いた。そして木《き》にもたれて考えた。一人《ひとり》っ子《こ》のハヤミには兄妹《きょうだい》がいない。数年前に、それを父《ちち》に尋《たず》ねていた。『嫡子《ちゃくし》のボクに兄妹《きょうだい》はいますか？』そして父が答えたマナミおばさんを訪《たず》ねる前《まえ》に、ハヤミは古《ふる》い大学ノートに書かれた嫡子《ちゃくし》さまご誕生《たんじょう》の文字《もじ》を見た。それはマキさんが見せてくれたノートの文字で、今でもハッキリとして覚えている。なぜならそこに兄妹《きょうだい》や双子《ふたご》のアイハラツグミを思わせる記帳の文字がなかったからだ。そんなハヤミは一人《ひとり》っ子《こ》で、比《くら》べられるという特殊《とくしゅ》な環境《かんきょう》にないために、ケイスケの憤《いきどお》りを真《しん》に理解《りかい》することができない。むしろハヤミは思った。ケイスケは、ケイスケでしかない。その思いが強くあった。そこに、携帯電話の奥で息を吐いたケイスケが、ハヤミに答え言った。

「何《なん》かよく分からないが？　要するに、気にするな。放っておけ？　そういうことだろう？　でもなぁ、それが出来《でき》るなら苦労《くろう》はしないッて。それでけっきょくのところオレが損《そん》な役回りを引き受けて、しまっているんだよなぁ？　やれやれ」

そう言って息を吐いた。そしてケイスケはふと、ある秘密ノートの存在を思い出した。それを書いていたハヤミに直接交渉をするべくして。携帯電話を通しハヤミに尋ね言った。

「ところでさぁ、ハヤミ？　学校の義務教育時代に、変な秘密ノートを書いていただろう？　趣味だ。とか言ってたノートを見せてくれないかなぁ？　ある課題《かだい》でちょっとなぁ？　植物細胞のスケッチに、それに関《かか》わる有機化合物の光合成の化学式が、書いてあったような気がして？　なにしろオレがチラッとして見たのは町の中学校に通っていた時期《ころ》で。まるで大人《おとな》の学問書を盗《ぬす》み見《み》にして、後《うし》ろめたい気持ちからして今まで忘れていたけれど？　だけど大学に入って講義を受けるようになって初めて気づいたぞ？　見た覚えがある。そう思って一時期ほど苦しい思いをした。そしてお前の話を聴いていてオレの頭《あたま》のなかで、それらの記憶が繋《つな》がった。そしてお前が書いていた趣味のノートを思い出したというワケで。なぁいいだろうハヤミ。寺のセイイチロウには黙っていてやるからさぁ？　見せてくれよ」

そう言うオキノケイスケの話を聴いて、ハヤミはようやく思い出した。学校の勉強をしろというセイイチロウに、いつも取《と》り上《あ》げられていた謎解《なぞと》きノートだったからだ。それは成長過程において頭に浮かぶ疑問に苦しくて、なぜ、どうしてを夢中で書き込み、その答えに辿《たど》り着《つ》いたあとは納得をして終わらせてきた。そんな私用と呼べる趣味のノートの話だった。ハヤミはそれをケイスケに答え言った。

「無理だ。すでに過去の話でオレに興味はない。それよりケイスケ？　大学の授業はいいのか？　ずいぶん長話をしていると思うが。それで時間は大丈夫なのか？　友人とか？」

ハヤミはそう尋ねた。ケイスケはその話で課題に取り組み、『出て行け！』そう叫んだ友人を思い出して。言った。

「忘れてた!?　ああ、もうッ。あいつ、機嫌《きげん》を損《そこ》ねてなきゃいいけどなぁ？　悪いハヤミ。また電話する。じゃな」

そこで電話が切れた。ハヤミは思った。折《お》り返《かえ》し電話を入れたことを、ケイスケは忘れている。だけど、まぁいいか。セイイチロウの写真の件で、ケイスケに助けられたハヤミは素直にそう思った。そしてケイスケが話をしてくれた二十年前《にじゅうねんまえ》の、生《う》まれた頃《ころ》の世界に興味が湧いた。世紀末かぁ。思うそれらはハヤミが気になっていた若《わか》き頃《ころ》の父と母の物語《ものがた》りで、アイハラツグミが所持をしていた、若き両親が病室で、頬笑み写る写真のすべての謎が解ける。そんな気がした。そこに男子学生の声がした。

「ハヤミッ。これは何だ。説明を要求するぞ」

言いながら紙を突き付けた。ハヤミが受け取るそれは、英文でパスと書き入れた週末の予定質問書だった。ハヤミは素直に尋ねた。

「なぜ？　これの説明を？」

言って否定をした。家の事情、プライバシーに関係をする話になるので、説明は断る。ノーコメントだった。首を振ったハヤミに別の男子学生が声を掛け、追及をして言った。

「それではあの噂《うわさ》は何だ。赤い車のハデな友人とは誰のことを言っている。オレたちの知《し》らないところで何をしているのか？　よく考えて発言をしろよ？　ハヤミナオユキ」

顔をしかめた。ハヤミはそれを見た。そして取《と》り囲《かこ》む友人《ゆうじん》らの複雑そうに迷惑した顔を見て、ハヤミは思った。オレが悪《わる》いのか？　何も知らないし、分からない。そう考えるハヤミの脳裏をヤナギダシュウイチの存在が浮かび、見た。ハヤミはそれを思い出して言った。

「もう一人《ひとり》いたハズの、文学部二年のヤナギダシュウイチを見たものはいるのか？　オレは先週の金曜を最後にして、ヤナギダを見ていない。赤い車の、噂《うわさ》の出所《でどころ》を知らないオレに尋《たず》ねるよりも、ヤナギダに聞《き》いたほう……」

そして、まるで箍《たが》が外《はず》れるように離《はな》れ行《ゆ》く友人らの背中を、ハヤミは見送り、息をついた。からまれると感じた原因は、ヤナギダシュウイチが消えたからのようだった。〝天空の龍の話〟答えのない話はしたくない。それがハヤミの本心だった。


そんなハヤミは謎解きのテーマを前にして、二十年前の、世紀末《せいきまつ》として騒《さわ》がれた二十世紀《にじゅっせいき》の終《お》わりあたりから、情報収集を始めた。若《わか》き頃《ころ》の父と母がどのような時代を生き抜いてきたのか、知っておく必要があると思ったからだ。そんな資料《しりょう》のコピーを自宅に持ち帰った。そしてマキさんの古い大学ノートは台所の押し入れにあったハズの贈答箱と共に消えていた。それは新《あたら》しいお手伝《てつだ》いさんに頼んで、二度ほど確認をした結果だった。ハヤミは持《も》ち帰《かえ》った資料《しりょう》に目を通してノートにペンを走らせた。時間を忘れて夢中でノートに書き込んでいく。そんな一夜《いちや》が明《あ》けて、一息をついた。そして畳《たたみ》に散《ち》らばる資料《しりょう》を見て思った。目まぐるしく入《い》れ変《か》わる時代《じだい》の背景《はいけい》に付《つ》いていけない。そんな疲れた腰を上げた。そして部屋を離れて和風の階段を下りた。そんな早朝の一階で神社職のおじさんの顔を見た。ハヤミは驚いた。あまりにも早すぎるからだ。神社職のおじさんが言った。

「お手伝いの女性から話を聴きました。食事に手を付けずに部屋の明かりを落とさず、睡眠を取っていらっしゃらないようだと。私が来た理由は、お分かりですよね」

言って神社職の男、おじさんの手がハヤミの腕を掴んだ。ハヤミはとても疲れていた。嫌《いや》がるハヤミの足がもつれて、神社職の男、おじさんの勢いある合気道の技に身体が畳に打ちのめされていた。ハヤミに迫り来る手《て》の平《ひら》が視界《しかい》を塞《ふさ》いだ。そんな肌を通し伝わる男《おじさん》の言霊《ことだま》の響きが嫌《いや》で払い除けた。そして全身《ぜんしん》の力《ちから》が抜け落ちた。

意思は有るのに身体の感覚がない。そんなハヤミの目から光《ひか》りが消えた。まるで暗闇のなかを漂《ただよ》う気分だった。神社職の男《おとこ》は女性二人《じょせいふたり》の手《て》を借《か》りて大学生のハヤミの身体を布団に横たえた。そこに呟き声がした。

「じゃまだ……」

男は驚き、ハヤミを見た。なおも抵抗を試みるハヤミの意思に、男は手を置き呼びかけた。

「今はまだ心を静め、お休みください」

そう言ってハヤミの意思をも閉ざした。ハヤミは抵抗をして思った。名付《なづ》け親《おや》のおじさん。それはハヤミを名前で縛る者。逆らえない人間《ひと》だった。物静《ものしず》かな寝息がもれた。そんなハヤミを確認した神社職の男は、女性が運《はこ》んで来《く》る上掛《うわか》けの布団《ふとん》を腕に受け取り、ハヤミナオユキの身体を温《あたた》かく包んだ。そして今を眠るナオユキの顔を整えた。額《ひたい》の〝鎮《しず》めの印章《いんしょう》〟が青く浮かび沈静《ちんせい》により感情の一《ひと》つを封印した。それを見届けた神社職の男は腰を上げた。そして二人《ふたり》の女性《じょせい》を見て思った。今回《こんかい》のお家騒動の発端《ほったん》は、住み込み家政婦のマキさんが告げた〝いとま〟にあった。それは六日前《むいかまえ》の金曜だった。昼間の電話でマキさんはこう言った。『二十歳《はたち》を迎えられた若君さまの成長を機《き》に〝いとま〟をいただき、今後《こんご》のことを考えたいのです』その話をやむなく承諾《しょうだく》して翌日《よくじつ》の土曜の、初午《はつうま》の祭事《さいじ》の合い間をぬい、神子《みこ》である若君に、丁重《ていちょう》に考えを打ち明けた。『これまでの長年《ながねん》を、ハヤミ家《け》に尽《つ》くした家政婦のマキ殿《どの》の任《にん》を解《と》き、代《か》わりの者として、今《いま》をお側《そば》にお付《つ》きの二人《ふたり》を召《め》し抱《かか》え願《ねが》いたい』それで話は丸く収まるハズであった。ハヤミカズマサ・ナオユキとは、嫡子として一門の頂点に立ち、神子《みこ》としての先見の助言にて見守る者。『騒がれたくない』それがハヤミカズマサ・ナオユキの答えだった。そして翌日の日曜に世話役の二人を連れて訪ねたハヤミ家《け》で、不可解な騒動に巻き込まれた。話を聞きつけたハヤミ家《け》ゆかりの者たちの判断で、花嫁候補の女性を差し出してきた。ときとして人間《ひと》は目に映る現実を否定して己《おのれ》の判断を鈍らせる。『好きにしてください』そう口走《くちばし》り、一度は身を退いた。そして月・火・水曜と三日を空《あ》けた末《すえ》の木曜の今朝《けさ》になり、花嫁候補の二人から電話で、神子《みこ》に対する陰口《かげぐち》を聴《き》かされ、車を走らせハヤミ家《け》に駆けつけていた。それらを思い返した神社職の男は二人の女性を見て、考えた。二人に何を話せばいいのか？　そう思う男は、今は静かに眠る布団のハヤミナオユキを見て、息を吐いた。

何《なん》ともやりきれない思いがあったからだ。そして、お手伝い役として突っ立っている二人の女性を見て、直接にして尋ねてみた。

「どうやら君《きみ》たちは誤解をされているようだ。正統なるハヤミ家の嫡子さまであらせられるナオユキに何を望む？　いや間違えた。そうではなく……」

言って息を吐き、思った。邪魔だ出《で》て行《ゆ》けといいたいところだが、その理由を述《の》べる必要があるだろう。そして神社職の男は改めて、二人の女性に尋ねた。

「君《きみ》たちは食事について、どう思っている？　先程の君たちは、こちらに到着をした私にこう尋ねた。『食事を召し上がっていただけない。そのほとんどを残される。せっかく作ってあげたのに、もったいない。それを何とかしてほしい』と。しかしだね？　私は思うのだよ。君たちの言《い》い分《ぶん》はまるで食べ残しが多いと我が子を相手にして、悲観をする相談者である母のようだと。しかし君たちはユキの母親ではない。君たちはユキの母親にはなれない。なぜなら君たちはユキの婚約者候補の一人《ひとり》なのだからだ」

そう言って二人の女性を見た。戸惑いに沈む様子の二人を確認して、神社職の男は思った。ユキの婚約者候補の存在を自《みず》ら認めてしまったことになる。なぜなら三年前に行《おこな》われたという集団的見合いの席に、神社職の男は呼ばれなかったからだ。それらを思いながら、二人の女性に尋ね言った。

「私は残念ながら君《きみ》たちが集まった三年前の席に顔を出せなかった。ゆえにそこで行われた出来事を私は知らないが、あのユキのことだ。君たちが集められた見合いの席でユキは何の話をした？　ユキは何を望み君たちに願ったのか？　それを思い出して今一度、よく考えてみることだ」

そして神社職の男は話をまとめ、二人の女性に向けて続き言った。

「それぞれ自宅に戻りなさい。それとも？　ユキは君たちに炊事・洗濯・掃除などをしてほしいと願ったのか？　そうではないだろう。この家《いえ》は見てのとおりガラン堂で何もない。手《て》に職《しょく》をつけるか趣味《しゅみ》の一《ひと》つでも持っていなければ退屈をしてしまう。ハヤミ家《け》とはそういう家柄《いえがら》だ。分かったならばサッサと荷物をまとめ自宅に戻りなさいッ。駆け足ッ！」

強く言った。二人の女性が慌《あわ》ただしく身を翻《ひるがえ》して駆《か》けだすさまを、男は見送った。そして思った。年明《としあ》け早々《そうそう》から気《き》を抜《ぬ》くヒマがない。むしろ今年《ことし》は十二支《じゅうにし》のなかで騒《さわ》がしいといわれる〝サル年《どし》〟に当《あ》たる。ゆえに厄介事《やっかいごと》など、やりきれない思いがあったからだ。そして足を運び茶の間の窓を通して、眺める竹林《ちくりん》の奥地に、無人の神社に続く離れがある。今は世話役が身を置く平屋の建物から、先程の二人の女性らしき声が聴こえた。

「だから言ったのよッ。ユキはこんなこと望んでないって。なのに父《とう》さんが見栄《みえ》っぱりだから。とんだ恥《はじ》をかいたわッ」

投げやりのような声に対して、もう一人《ひとり》の女性が答え言った。

「そうなのよねッ。けっきょく親《おや》には逆らえないし。よくあることよッ」

そんな二人の女性らしき姿が竹林の奥を、振り向きもせずこの後《あと》の予定《よてい》などを喋りながら歩き去って行ったようだ。神社職の男は首を振った。そしてユキを思った。ユキは二人《ふたり》を覚えているだろうか？

ユキは人間《ひと》に見えないものを視る。運命のカケラのようなものを視て、相談者に答える。駐車場に気をつけてほしいと答えを受けた相談者は、半年ほど後《のち》に神社を訪れ、こう言った。『以前、車の運転に気をつけてと言われ、気をつけてはいましたけれど、駐車場の電柱にぶつけてしまって車体に穴が空きましたよ。けれど私はこのとおり、無傷で助かりました。いやぁ、あのときは何の話をされているのやらと……』その話を後日《ごじつ》、ユキに尋ねたところ、まったく覚えがないと答えた。そこで駐車場という言葉に意味があると強く尋ね返したところで、深く考え込んだユキが思い出したように答えた。『あの駐車場で即死《そくし》をする予定だった人間《ひと》。神社《ここ》に来たの？　そう。運命を変えられる人間《ひと》ってそう多くはいないから。よかったね？　おじさん』楽しそうなユキを見て、即死《そくし》をする予定だった。背筋《せすじ》が凍《こお》りついた。その話を境《さかい》にして、神社職の男はユキに尋ね返すことをやめた。真実など、知らないほうがいい。そのほうが楽だと思うからだった。

そして神社職の男は、携帯電話で連絡を入れた。予定をしていた世話役との回線が繋がり、男は言った。

「私だ。先週の金曜に話をした通りに準備をして。今すぐ来てほしい。昼餉《ひるげ》の時間までには間《ま》に合《あ》うように。急ぎ頼むとする」

安堵の息をついた。返答に流れた意外な少年の声が言った。

「それで？　どこにいるんだよ。塾長先生《じゅくちょうせんせい》？」

身の上をザラリと舐《な》める声の主に、神社職の男は心当たりがあった。それを言った。

「マサヤかッ。なぜお前が電話に出るのだッ。この電話の持ち主を、どうしたのだッ」

そう言って悩み頭を抱えた。マサヤは養子《ようし》だった。調和を重んじる緑色《みどりいろ》のオーラを持つ貴重《きちょう》な存在だった。それが近年《きんねん》になり手《て》に負《お》えなくなる。悪戯《いたずら》がすぎる。そんなマサヤの声が携帯電話を通し、あっさりとして言った。

「そうだな？　借《か》りた。それも簡単に貸してくれたよ？　ある条件を付けたうえでのことだけれどな？　それで？　今回はどこにいるんだよ。一応それなりにメモは取ったけれど。この電話の持ち主の女性《ひと》に、どこに行けと伝えればいいのか？　そこが抜け落ちているぞう、先生？」

マサヤの声が携帯電話を通し、そう尋ねた。神社職の男は思った。それはあまりにも素直な電話番《でんわばん》をしている様子が、伺《うかが》えたからだ。そんなマサヤに電話を通して、男は言った。

「そうだな？　マサヤ。私の言葉が足《た》りなかった。それについては謝罪をしよう。悪《わる》かった。しかしだ。これ以上私《わたし》をイジメてくれるな。さきほど、書き留めたというメモを電話の持ち主に、直接にして渡してほしい。そして、何故こんなことをしたのか。その話は夕餉《ゆうげ》の席にて聴かせてほしい。それで？　マサヤ。私は今、三《みっ》つの話をしたのだが。それらを飲み込めたのかどうか、返答をしてほしい」

言って携帯電話に耳を澄《す》ました。電話のマサヤの一人言《ひとりごと》が流れた。困惑《こんわく》した事柄について迷いながら、話を整理したようだ。そんなマサヤが咳払《せきばら》いをして電話を通し答え言った。

「分かった。つまりこのメモを電話の持ち主に渡せばいいのだな？　まぁいい。そういう条件で、貸してくれたワケだし。約束はきっちりとして守る。それじゃ今度はオレから言わせてもらうぞ？　何故オレを置いて出掛《でか》けたりするんだよッ」

マサヤがそう叫んだ。そして一方的にグチり言った。そんなマサヤの声が続き携帯電話を通し言った。

「もういい。この話は戻ってきたときでいい。そのとき、オレを置《お》き去《ざ》りにした理由をたっぷりと聞かせてもらうからなッ。覚悟しておけよッ。じゃあなッ」

言って電話が切れた。神社職の男は思った。マサヤは反抗期なのだろうか？　マサヤは死別孤児《しべつこじ》だった。正式な手続きを得たのちにして神社《じんじゃ》が家《いえ》だと紹介をした。裏《うら》の林《はやし》を遊び場所《ばしょ》に選び、通ってくる塾生たちのなかで笑えるようになった。そんな調和を重んじる特殊な存在だった。近年になり悪戯心《いたずらごころ》のような兆候が見え始めた。移動をする車の後部シートに息を潜め、もぐり込んでいたこともあった。そして今回もハヤミ家《け》の事情で神社を空《あ》けたのだが？　マサヤは置《お》き去《ざ》りにされたと思い込んでいるようだ。いずれはマサヤに神職《しんしょく》を譲《ゆず》り、ハヤミ家《け》の分家筋《ぶんけすじ》としての役目《やくめ》を継《つ》いでほしいのだが？　今《いま》はまだその時期《とき》ではない。高校を卒業して学位を得たのちに多くを学ぶ必要がある。そして暁《あかつき》の頃合《ころあ》いを見《み》て、戦国の世の昔話を聴かせよう。ハヤミ家《け》の成《な》り立《た》ちを。物悲《ものかな》しい伝承《でんしょう》を。そして次《つぎ》に生《う》まれてくる神子《みこ》の名付け親として果《は》たすべき責務《せきむ》のすべてを、マサヤに話して聴かせよう。だから私をイジメてくれるな？　朝も早くに神社を留守にした私が悪いのか？　そう思い男はしばらく考えて息をついた。すべては運命のなかにある。自然の流れのなかにある。そう思う神社職の男は物静《ものしず》かに眠《ねむ》る布団のハヤミナオユキを見た。そこに別の声がした。

「何をしているんですッ。先生」

そう言って現れた。守り寺の息子のツガワセイイチロウが布団に気づき、続き言った。

「ハヤミを眠らせるなんて何事《なにごと》ですッ。それを説明してくださいッ」

言いながら居座り、塾長先生を見た。


そんなセイイチロウは塾長先生から流れるハヤミの話を聞き終えて、思った。眠りもせずに今度は何を始めたのか。ハヤミが部屋の明かりを落とさず、食事を忘れて、独りで夢中になって取り組むもの。それを考える寺のセイイチロウは己の記憶を辿った。小学校時代から同じ教室で学び、中学校をハヤミと共に過ごしてきた。そしてハヤミがもっとも夢中になる〝疑問ノート〟を思い出したのだ。むしろ三年前の高校二年の夏休みに、セイイチロウはハヤミの勉強部屋で疑問ノート《それ》を手にして物理の専門書と共に持ち出して、当時を布団のなかで眠るハヤミの枕元に置いたのだった。セイイチロウはそれを思い出した。そして今を布団のなかで眠るハヤミを見て、セイイチロウは首を振った。疑問ノート。それはハヤミの趣味だった。学校の勉強もせず〝なんで、どうして〟ハヤミは、己の疑問をノートに追い掛ける。春《はる》から大学三年になるというのに何てことだ。そう思いながらセイイチロウは腰を上げて、足を返した。そしてマナー違反の部屋渡りをして、表《おもて》の八畳間《はちじょうま》の隅《すみ》に座《すわ》る人物に目を止めた。今《いま》は黒髪《くろかみ》をワンレンに伸《の》ばしたアイハラツグミだった。二年遅れてようやく大学受験を控えたアイハラに、セイイチロウは声を掛けた。

「すまないが、もう少し待てるか？」

言ってアイハラを見た。アイハラツグミは少し頷《うなず》いた。そして寒い声で、答え言った。

「来《く》るつもりなかったから。緊張をして」

ツグミは口元《くちもと》を隠《かく》した。セイイチロウはそれに答えた。

「悪いな。すぐに済ませてくるから」

そう言って、アイハラの頷《うなず》きを見た。セイイチロウは思った。ハヤミナオユキは今《いま》のアイハラツグミを知らない。そう気にする必要もないだろう。三年前とは違うのだから。そしてセイイチロウは台所《だいどころ》にあると思う弁当箱と包み布を取りに、足を進めた。アイハラツグミは、離れ行くセイイチロウを見て、首を振り思った。三年前の夏の日だった。あの写真の一件を思い出して、ツグミの胸を痛く締めつける。ツグミは、ハヤミ家《け》に来るつもりはなかった。ずっと忘れたままでいたかった。

そんなアイハラツグミはセイイチロウを三年間《ずっと》、側《そば》に感《かん》じていた。本当の母《はは》はすでに亡《な》くなっていた。本当の父《ちち》は分《わ》からない。ツグミは父親の知れない子だったからだ。何も分からないままセイイチロウの側《そば》で泣いた。誰も分かってくれない。それが理由だったからだ。そこにセイイチロウが言った。『守ってやる。約束をする』。そしてツグミは初めての接吻を受けた。ツガワセイイチロウは世界でただ一人《ひとり》のファーストキスの男性《ひと》になっていた。ツグミはその男《ひと》を、平手打ちにして言った。『何てことをするのよ。バカじゃないの。素性《すじょう》の知れない女《おんな》を相手《あいて》にして楽《たの》しいワケ？　ジョウダンじゃないわッ。さようなら』
ツグミにできる精一杯《せいいっぱい》の痩《や》せ我慢《がまん》だった。それでもセイイチロウはツグミを追い掛けてきて、言った。

『放っておけないッ。オレを頼《たよ》れッ』それがツガワセイイチロウだった。ツグミはそんなセイイチロウに訴《うった》えていた。『だったら教えてよ。どうすればいいのか。すべての真実を知って暗闇《くらやみ》の底《そこ》にいる気分なのよッ。この先がどうなるのかとても不安で苦しくて。あたしの人生《じんせい》を返《かえ》してよッ！』そう言って八《や》ツ当《あ》たりをして答えを求め、責め続けた。しばらく黙っていたセイイチロウがツグミに言った。『一緒に考えてやる。オレを信じて付いてきてくれ』そのときのツグミはまだ信じられなかった。そんな押《お》し問答《もんどう》の末《すえ》にセイイチロウが答えを出して言った。『お前に人生《じんせい》を取《と》り戻《もど》させてやるッ。さっきからそう言ってるんだ。つべこべ言わずに付いて来い。話はそれからだ。アイハラツグミ』

その瞬間《とき》だった。アイハラのなかでセイイチロウの存在が大きく広がるのを覚えた……。

それからのツグミは、ひとり立《だ》ちに向《む》けて髪色を黒に戻した。そして大学受験の資格を得《え》るための勉強を始めた。さらに養父母には受験の費用で迷惑を掛けたくなくて。自《みずか》ら飲食店でのアルバイトを笑顔で熟《こな》し、貯蓄《ちょちく》を始めた。その道《みち》のりは決して楽《らく》ではないけれど、とても新鮮に感じていたので、養父母には何のためらいもなく会話ができた。その時期《ころ》から養父母の電話の応対もよくなり、セイイチロウに関《かん》しては、公認の仲になっていた。

そんな遠距離電話での会話の途中だった。ツグミが耳を澄ます電話の奥で、弟《おとうと》くんの声が続きセイイチロウに向けて言った。『父《とう》さんが呼んでるよ？　秋祭りで錫杖《しゃくじょう》を落《お》とした神子《みこ》について話があるってさ。本堂まで来てほしいって。それじゃな。オレはちゃんと伝えたからな？　イチ兄《にい》。文句はなしだ』そして板間《いたま》を走る音がした。そんな電話を通してセイイチロウの声がツグミに言った。『悪い、携帯電話を取りあげられていた。シゲハルのやつが少し憂鬱《ブルー》になっているんだ。高校の受験を控《ひか》えているから。悪いな？　また電話をする。ツグミも頑張《がんば》れよ、大学受験。その前にセンター《受験資格》試験をパスしろよ？　あと数ヶ月の二月《にがつ》の頃《ころ》になれば分《わ》かることだが。いい結果を待っているからな。じゃな、ツグミ』そこで電話が切れた。報告的雑談のなかで起こったハプニング。秋祭りの話？　だけどツグミは十七歳《じゅうななさい》で訪《たず》ねた八月《はちがつ》の町《まち》の様子《ようす》しか知らないので、考えるだけ無理な話だった。そしてセイイチロウが電話で告げた二月の頃に、逢いに行こうと決意を新たにして、受験の勉強《べんきょう》を集中的にして取り組んだ。年《とし》が明《あ》けた試験の日は朝から雪が降っていた。弱気になる前に一歩を踏みだす。そんな人生《じんせい》を取《と》り戻《もど》すための試験会場にツグミは立ち向かった。そして結果発表を迎《むか》えて祈《いの》る思《おも》いで見つめた。全国一斉テストの結果は目標を上回っていた。国立大の受験ができる。飛び跳ねて喜んだ。『おめでとうツグミ。うれしいわ』そう言って母が一緒に喜んでくれた。『本当なのか？　ツグミ』そう言って父が驚きな顔をした。書面に目を通した父が言った。『オレより頭がいいなんて負けたよ』腰が抜けたように座り、肩を落とした。そんな父を見て、母の笑顔に励まされて、ツグミは声を掛けた。『お父《とう》さん。何か言ってよ？　ねえってばあ』そこに父がハグをして、安心をした声で言った。『よくやった。ツグミ。父さんは嬉しいぞう』言って父は大声で笑った。母の腕が包んでくれて、ツグミは家族の幸せを知った。そこに母が言った。『ツグミ？　報告の電話を入れてあげなさい。ツガワセイイチロウ君《くん》にね？』そう言って頬笑んだ。ツグミは父を見た。そして御免《ごめん》なさいと首を振り、離れた。家《いえ》の固定《こてい》電話から、ツグミは報告の言葉を告げた。父はそれを見て、力《ちから》もなく呟いた。『寂しくなるなぁ。火が消えたように』

言って妻を見た。妻はそれに答えて言った。『私の父もそうでした。家を出るなど許さん。そう言う父を説得して、私はあなたの元《もと》に嫁《とつ》ぎました。今《いま》ごろ気づいたのですか。あなたって人間《ひと》は』そう言って首を振った。夫《おっと》はその話を聴いて思い出した。腕《うで》を組《く》み待《ま》ち構《かま》えていた舅《しゅうと》の怒《いか》り顔《がお》を。そして首を振り思った。オレはその時《とき》になり冷静《れいせい》でいられるだろうか？　思い、楽《たの》しそうに電話で会話をするツグミの笑顔を見て、心寂しい緑茶を飲んだ。一難去ってまた一難とはこういうことか。ツグミの幸せを思った。しかしまだ早すぎる。許さん。『風呂《ふろ》入《はい》って寝《ね》る』そう言って居間《いま》を後《あと》にした。妻は驚きはしたものの、そこは諦《あきら》めて、思った。どこの父親も同じよ。娘《むすめ》さんをボクにください。そう挨拶《あいさつ》をしたアノ人《ひと》が今度は言《い》われる立場《たちば》になるんだもの。心隠《こころかく》して鬼《おに》にもなるわよね。そこにツグミの声がした。『どうしたの？　あたしがまた迷惑でもかけたの？』不安な顔でそう言った。母の顔が笑んで否定をして答えた。『嫁入《よめい》り前《まえ》の娘《むすめ》を持《も》つ父親《ちちおや》の心情《しんじょう》かしら？　それに心が捕《と》らわれているらしいのよね。だから今から心の準備をしておきなさい。娘の結婚相手の男性は、すべてが敵に見えてくるようだから。ね？　ツグミ』そう言う母の顔がとても楽しそうに見えた。だからその時《とき》はツガワセイイチロウに逢いに行きたい。母にその相談をしていた。母はアッサリとして答えた。『いいわよ。センター《受験資格》試験に向けてたくさん頑張《がんば》ったものねェ。ハイこれは、そのご褒美《ほうび》よ。旅費《りょひ》の足《た》しになさい』そう言ってツグミに白い封筒を持たせた。封筒のなかに入っていたものは茶色の日本銀行券がなん枚《まい》も。その数はバイト代の二ヶ月分に相当する額だった。ツグミは断《こと》わり言った。『だめ。今は受け取れない。弱い頃のアタシに戻ってしまうから。バイトで得《え》たお金でもないから。ひとり立《だ》ちするって決めたから。だから。ごめんなさい』深く頭を下げた。そこに悄気《しょげ》る母の声が悲しく言った。『私の楽しみを取り上げるのね。何て不幸な私なの。ずっと楽しみにしていたのに』そう寂しく言った。ツグミは慌てた。母にその理由を尋ねた。その直後だった。母がツグミの手《て》を引《ひ》き寄《よ》せ握り、決意をして言った。『今のツグミ《あなた》には絶対にツガワセイイチロウ君《くん》が必要なの。三年前の夏の日に、彼の父親という住職《ひと》から電話を受けたツグミ《あなた》はすぐに家《いえ》を飛《と》び出《だ》して行ったわ。ものすごく不安だったわ。心配だったわ。だけど、ツグミ《あなた》は戻ってきてくれた。〝ごめんなさい〟そう言ってくれたツグミ《あなた》を宝物のように大切に思えたの。だから九州《きゅうしゅう》は遠いけれど素直に彼の存在を認めるわ。だからツグミ、このお金《かね》を使ってちょうだい。そして私に楽しみを残してほしいのよ。そのために彼の趣味《しゅみ》や好《この》みをしっかり見てきなさい。頼んだわよ？　ツグミ』母はそう言った。そして白い封筒がツグミの手に残った。そんな母の願いを思い、ツグミは封筒を預かることにした。そして大学受験の願書提出までに戻ってくる約束をして、旅行の荷作《にづく》りを始めた。そんななかでツグミは友達人物紹介ノート《フレンドプロフィール》を開《ひら》いた。捲《めく》るページは中学校を卒業と同時期に時間《とき》が止まっていた。セイイチロウの個人的情報《こじんてきじょうほう》を何も知らなかったからだ。そして、そのノートを荷物に忍ばせて、部屋の隅に置いた。遠《とお》出をするのは二年ぶりのことだった。

そんなアイハラツグミはセイイチロウに逢って話をするために、新幹線の車両から待ち合わせのプラットホームに足を進めた。そして人間《ひと》の流れのなかを探し求めた。まばらに散《ち》っていくなかで息を吐いた。そこに声がした。ツグミを見つめる困り顔の青年が、言った。『乙女座《おとめざ》生まれの二十歳《はたち》の女性を、探していて。ひと違《ちが》いをしました。すみません』そう言って背を向けた。ツグミは離れ行く背中《せなか》を見て思《おも》い出《だ》し、叫び声をあげた。『セイイチロウ!』ツグミはいつも見ていた。振り返ったセイイチロウの驚く姿を見て、駆けだしていた。それは二年ぶりの再会だった。セイイチロウはアイハラの黒髪を知らなかった。アイハラツグミは青年に成長をしたセイイチロウを知らなかった。二年の時間《とき》が十代《じゅうだい》の少年少女から二十歳《はたち》の若者へと変えていた。そんな時間《とき》の流れに和解《わかい》をして笑みがこぼれた。セイイチロウが言った。『行こうか、ツグミ?』そして続き、こうも言った。『途中で少し寄《よ》り道《みち》をするけど? まぁいいだろう。そんなに時間は取らないし? 何とかなるだろう』そう言ってツグミを誘った。だけどツグミは知らなかった。その寄《よ》り道《みち》がハヤミ家《け》だなんて。走るタクシーの中でハヤミナオユキを思い出して、ものすごく後悔をした。そしてハヤミ家《け》の大きな二階建ての長屋門を見て、相手にされなかった無視の恐怖に、痛たく震えた。そこにトラブルが起きた。門の中に入れない。そう言ってタクシーの運転手が首を振った。ツグミは成《な》り行《ゆ》きでハヤミ家《け》の門の前で、離れるタクシーを見送っていた。奇《く》しくもその場所は初めてセイイチロウと出逢い、口論をして、初対面のハヤミナオユキを兄《あに》だと勘違《かんちが》いをした場所だった。そんなハヤミ家《け》に足を進めて、続きトラブルが起きた。セイイチロウが玄関を駆け込み叫んだからだ。『何をしているんですッ。先生ッ』そしてツグミは神社の宮司《ぐうじ》を見て、すべてを思い出した。足が竦《すく》んだ。身体から力《ちから》が抜けて後悔をした。来るんじゃなかった。そして己《おのれ》の心《こころ》に悔《く》やんだ。

ツグミは首を振った。ハヤミ家《け》に来《き》て過去の出来事がツグミを苦しめる。思い出す。家政婦のマキさん。オキノケイスケ。アズミタカシ。ツガワセイイチロウ。その中心にいたハヤミナオユキは、関心がなかった。女《おんな》のツグミは取り残されていた。見えない壁を感じた。〝やりたいことをすればいい〟そう言ったハヤミナオユキをツグミは思い出した。そして心が乱《みだ》れた。そんな心に涙《なみだ》した。そこに男性の息がこぼれた。気配に目を向けた。そんなツグミに神社職の男性が目の前に来て、言った。

「何があった？」

ツグミはその瞬間にして動揺と困惑のなかで首を振り、心を隠した。理解してもらえない。それが答えだったからだ。セイイチロウの強《つよ》い声がした。

「先生ッ。何をしているんですかッ」

そう言って神社の塾長先生の腕を引き、裏の茶の間に連《つ》れて入《はい》り、その襖《ふすま》をセイイチロウが閉《し》めた。アイハラツグミは取り残されて、独り、息を吐いた。そして八畳間の部屋を、二つ奥《おく》に敷《し》かれた布団を見た。そこでふと思った。家政婦のマキさんはどうしたのだろう。ツグミは初《はじ》めてこの町を訪《おとず》れたときの門前を、思い出す。セイイチロウに連れて行かれた寺の住職よりも（昨年の秋祭りについて電話で話をしていた）双子の弟《おとうと》くんたちから、ハヤミ家《け》の事情を聴《き》かされていた。『ハヤミのユキ兄《にい》は独《ひと》りだよ？』『父親は仕事で海外に行ったきりだ』そして続き双子のハモリでこうも言った。『イチ兄が呆《あき》れるのも無理はない』ツグミは己の記憶に首を振った。双子の笑い声が聴こえた気がしたからだ。そんな過去を思い、ツグミはハヤミ家《け》に視線を配った。そして不思議に思った。どうしたのだろう？　マキさんが顔も出さないなんて。『粗茶にございます』そう言って頬笑《ほほえ》んでくれたマキさんが今はなく心寂《こころさび》しい。

お世話になったマキさんにもう一度逢《いちどあ》いたい。思うツグミは話し相手を求めて襖《ふすま》を見《み》つめた。襖が開《ひら》いてセイイチロウが側に来て、言った。

「行くぞ。ツグミ。無駄な時間を過《す》ごした」

そう言ってツグミの腕を引いた。そんなセイイチロウに背中を押されて、ハヤミ家《け》を後《あと》にした。神社職の男《おとこ》は首を振り、セイイチロウを思った。塾《じゅく》で教《おし》えた陰陽五行法《いんようごぎょうほう》、木《もく》、火《か》、土《ど》、金《ごん》、水《すい》。そして陰《いん》陽太極《ようたいきょく》の光《ひか》りと闇《やみ》の意味《いみ》を。それらをセイイチロウは正確に答えた。そして黒く灰色に染まったお札《ふだ》の反応を見て、セイイチロウは否定をして言った。『彼女は確かに苦《くる》しみを抱えています。それでも前に進もうと努力を重ねてきました。それは三年前の夏の日に先生《せんせい》が告げた言葉です。〝前に進む勇気はある。あと一歩のところで躊躇《ちゅうちょ》をしてしまう。だからこそ背中を押してやる人間《ひと》が必要になる〟その教《おし》えを受けて、ずっと見守ってきました。しかし人間《ひと》はそう変われるものではありません。ここに来る移動のタクシーの中で、アイハラツグミは深く考え込んでいました。心の揺《ゆ》らぎを知りました。今はまだ動揺《どうよう》をしているだけです。ここを離れさえすれば安定をすると思われます。ここにはハヤミの忘《わす》れ物《もの》を取りに来ただけです。なのでこれで帰ります。お邪魔をいたしました』そう言って一礼をした。そして問題の女性を連れてハヤミ家を去って行った。それらを思い返しながら可能性を考えて、物静かに眠り続けるハヤミナオユキに足を向けて進んだ。

そして神社職の男は眠るユキを見た。新《あら》たなるお札《ふだ》を手にして、言霊《ことだま》の符呪《ふじゅ》をあげた。途端《とたん》に強い光《ひか》りに目が眩み。その先を黄金色《こがねいろ》の光《ひか》りが手のお札《ふだ》を飲み込み消滅をした。それらは一瞬の出来事にすぎなかった。当《とう》のユキは眠ったままだというのに何て力《パワー》だ。そう思う神社職の男は黒く灰色に染まったお札《ふだ》を眺《なが》めて、陰陽太極の光《ひか》りと闇の関係を考えた。

そもそもすべての始まりは闇だった。そこに光《ひか》りが加わり、時間と空間が広がり宇宙という存在を造りだした。それは科学的理論（ハッブル）として証明をされている。まぁ、そんなユキの趣味は横に置いて、だな？　そもそも陰陽太極の始まりは闇だった。元始の闇といえる力《ちから》こそがすべての世界を支配していた。その闇の力《ちから》を持つ女性が現れた？　しかし灰色の部分が気になる。ユキを太極として視るならば、生《う》まれたばかりの赤子のように不安定で頼りない。ゆえに人間《ひと》は心に光《ひか》りと闇を持つ。それがたまたま動揺《どうよう》をしてお札《ふだ》に染みを付けた。そういうことにしておこう。苦労《くろう》をするのは目に見えているのだが？　それはセイイチロウが考えるだろう。神社職の男はそう思えた。そこにハヤミ家《け》の玄関を慌《あわ》ただしく駆け込む音と共に女性の声がした。

「遅くなりました。宮司さま？」

その声を聴《き》き、神社職の男は思い出した。それは電話にて呼び寄せた世話役を務める女性の二人だった。安堵《あんど》をして笑みを浮かべた男は膝《ひざ》を折り腰《こし》を落として座り。二人を心良く出迎えて告げた。

「突然のことで申し訳ないが。二人にお世話を頼みたい。神子《みこ》は今を奥にてお休みになられている。なのでいつものように神社でのお世話をしてきたように、二人に昼餉を頼みたい。よろしいかな？」

神社職の男はそう尋ねた。二人の女性はその話を聴いて、神子《みこ》の世話役として素直な自信を持ち、答えた。

「ハイ」

そして役目に忠実な二人は互いを見て笑った。神子《みこ》を気にかけ心配をしていた。その気持ちは同じだったからだ。そんな二人の女性を見て神社職の男は嬉しく思い、腰を上げた。そして思った。二人は幼少の頃からユキの側にいた。それはまるで五歳年下《ごさいとしした》の弟を見守る二人の姉のような存在であった。そんな二人の金切り声《かなきりごえ》のような悲鳴が響いた？　続き上がった呼び声で、台所に駆け付けた。神社職の男は漂う妖気《ようき》に魔女の作業場を見た。そして、お札《ふだ》を使い、邪気退散にて、すべてを払い上げたのだった。そして、思った。女《おんな》は恐《おそ》ろしい。いったいユキに、何を食べさせようとしていたのか。しかし腰《こし》が抜《ぬ》けて、それを確かめる勇気は、神社職の男にはなかった。そしてようやく世話役の二人の努力により台所が清《きよ》められて、昼餉の準備にと作業を始めた。じつにそれは、家政婦のマキさんからの申し出があった〝いとま〟の話から、一週間は過ぎようとしていた。そして、マサヤとの約束もあり、神社職の男は二人に任《まか》せて、ハヤミ家《け》を離れた。そして一夜が明《あ》けた金曜の早朝に、事態《それ》は電話で報らされた。

ユキが大学を休むと我がままを？　世話役の女性が電話で、そう訴え掛けてきたのだ。神社職の男は時間予定《タイムスケジュール》がいっぱいで、足を運べそうにない。そこに世話役の女性が電話を通し、衝撃的な言葉を告げた。

「なにやら強力《きょうりょく》な結界を張られて、私たちでは太刀打《たちう》ちができません。助けてください。宮司さまぁ」

彼女の涙が目に浮かんだ。その話に男はユキの光《ひか》りを思い出して、強力な結界に首を振った。そして考えた。寺の息子のツガワセイイチロウは大学二年で、黒髪の女性問題がある。寺の住職は性格が甘い。西の守り手のオキノケイスケは通う大学が方向的に合わない。南の守り手としてユキに執着心を持つアズミタカシは他人《ひと》の話を聞かない。力《ちから》を持つ塾生のなかで平日の金曜日にヒマな人間はいない。他《ほか》に誰か頼れるものは……。ユキのことを知り、より強い結界を張れるような人物は……。そこで神社職の男は目が覚めたように、ある人物を思い出した。ハヤミカズミネ・ナオマサ。ユキの父親《ちちおや》であり再婚を反対され破門を受け入れた人物。それがハヤミナオマサだった。そんな記憶の蘇《よみがえ》りに、息を吐いた。そして手に持つ携帯電話で、考えを告げた。

「私は動けないが、連絡を待っていてほしい。では一度、切らせてもらうよ？」

そう言って男は電話を切った。

学校に行きたくない。それは子供の言《い》い分《ぶん》だった。それでも大学二年のハヤミナオユキは、学校を休んだ。それは好きにしろと言う父の答えでもあったからだ。まぁ、いいか？　思うハヤミは冬の着流しに腕を通した。そこに世話役の女性《ショノさん》が来て、着付けの手伝いをしながらハヤミに尋ねてきた。

「さきほどの壁のような結界は、どのような魔術を使われたのか？　それを御説明《ごせつめい》願いたいと思います」

言いながら羽織《はお》りを肩に重ね、袂《たもと》を整えながらハヤミを見つめた。ハヤミはその話に首を振り、答え言った。

「知らない。思うだけで、ああなった。先見の助言で頭に浮かぶ？　映像や感覚と似たようなものだよ？　たぶん」

　言って、ハヤミは思った。シヨノさんには悪いけれど龍の話はしたくない。すでに大学で懲《こ》りていたからだった。足を進めた、その先の茶の間では、女性《ナガセ》さんが朝食を卓上《テーブル》に並べていた。これではまるで神社に居る気分になる。ハヤミはフローリングの床を踏んで、朝の洗顔に向かった。朝の所用を終えたところで鏡に映る胸の護符の鎖を見て、セイイチロウを思い出した。一応は連絡を入れるべきだよな？　届いた弁当のメッセージを思い出して。携帯電話で連絡を入れた。そして謝り、言った。

「ごめん。今日は金曜だけれど、大学を休んだ。それに神社の付《つ》き人《びと》さんの二人《ふたり》が来てくれたから大丈夫だよ？」

　ハヤミはそう言った。セイイチロウが電話を通し答え尋ねた。

「そうか。それでねぇ？　いや何でもない。それよりハヤミ？　神社の二人からオレの話で尋ねられたことはないのか？　たとえばアイハラツグミの話とか？」

　セイイチロウがそう言った。ハヤミは昨日《きのう》を神社職のおじさんに眠らされていたので、記憶がない。それをセイイチロウに電話で言った。

「知らないよ？　寝ていたから。目が覚めたときには神社職のおじさんは帰ったあとのようだったし。付き人のシヨノさんとナガセさんが交代で、世話をしてくれるという話を聴かされた。それだけで他《ほか》には何も聞いていないよ？」

ハヤミはそう答えた。そして続き、電話を通してセイイチロウに話し、尋ねてみた。

「何かあるのか？　アイハラツグミといえば三年前の夏の時期に、セイイチロウが寺《てら》で世話《せわ》をしていた女の子の話だろう？　嫡子のオレとは、双子の妹でも何でもなかったワケだし。それを今さらなぁ？　話を持ち出されてはオレが困るぞ？　見送りにも顔を出せなかったし。それとも、新しい展開《てんかい》でも発見《はっけん》したのか？　父《とう》さんの知らないところでアイハラツグミが、この世《よ》に生《せい》を受《う》けた可能性があるとか否とか？　二十年《にじゅうねん》ほど昔《むかし》の情報で、ちょっとな？　体外受精の話にクローンの話とか。人類滅亡の予言説とか、不景気とか、関西地方を襲った地震の被害状況とか。父さんが二十代《にじゅうだい》を過《す》ごしたあたりの時代背景を少し、調べていたから。波瀾万丈というか波が激しくて、情報に目がくらむ。今では考えられないような激動《げきどう》の時代《じだい》を、父さんたちは乗り込えて来たんだなぁと思って。少し尊敬《そんけい》をして、考えかたが変わったかもしれない。それで？　アイハラツグミがどうかしたのか？　セイイチロウ？」

ハヤミはそう尋ねた。物静かな携帯電話の奥でセイイチロウが息を吐いた。セイイチロウは困惑をして、ハヤミに電話で答えた。

「バカか、お前は。そんな生《う》まれる前《まえ》の話を調べてどうする？　あの親父《おやじ》さんを許すとでも言いたいのか？　オレは、何を今さらと思い呆《あき》れるぞ」

言って首を振った。そして続き携帯電話を通して、ハヤミに訴え告げた。

「そんな昔の話を調べるヒマがあるなら学校の勉強をしろよッ。少しはマジメに勉強をして、素直に首席を取ったらどうだ？　お前はいつも、そうだ。のんびり屋《や》で他《ほか》のことばかりを考える。それに振り回される人間《ひと》のことを考えた覚えがあるのか？」

言ってセイイチロウは首を振った。なぜなら昨日《きのう》の塾長先生に見せられた黒く染まるお札《ふだ》の存在が頭から離れてくれなくて、何も手に付かない状態が続いているからだ。それがセイイチロウを悩ませる、イラつかせる、すべての原因だったからだ。そんなセイイチロウは答えを求めてハヤミに尋ねようとして、思い直した。そして電話を通して素直に、ハヤミに伝え、言った。

「今からそっちに行くから。三十分《さんじゅっぷん》ほど待《ま》っていてくれ。話はそのあとにする。じゃあなハヤミ。後でまたな」

そう言ってセイイチロウは電話を切った。そして、寺《てら》の本堂にいる父の姿を探して、二十年前《にじゅうねんまえ》の昔の出来事について、話を求めた。


そんなセイイチロウは、父との対話を終えて、腰を上げた。服を引いた父が行《ゆ》き先《さき》を尋ねた。セイイチロウは面倒臭く答え言った。

「ハヤミの所だよ。こんな話を明日《あした》、寺《てら》に来《く》るアズミタカシやオキノケイスケに聴かせられないだろう。頭を冷やす意味で一晩《ひとばん》、泊《と》まってくる。だからアイハラツグミの話し相手をしてほしい。オレがハヤミ家《け》に行ったと知れば追い掛けてくるだろう？　たぶん。それにアズミタカシやオキノケイスケとも、すでに顔見知りの仲だよ。そのあたりの話を軽く流して、足止めをしてくれ。明日《あす》の予定までには戻ってくる……」

セイイチロウは立ち上がった父の行動に驚いた。そして父に言った。

「なんだよ親父。逃《に》げたりしないから、手を放せッてんだ。本気で怒るぞ、親父ッ」

そこに一瞬の影を見た。セイイチロウの身体を父の腕が背負い技《わざ》をかけて床に叩きつけた。それは長身な父の一本背負いだった。そんな痛い思いを受けたセイイチロウに父の声が心なく呟いた。

「すまん。考えごとを、しておったのでな?」

そう言って見つめる父の顔が頬笑み、セイイチロウに尋ねてきた。

「一人前《いちにんまえ》に嫁《よめ》さんを、連《つ》れて来《き》よる。本気《ほんき》で結婚を、考えておるのか?」

言って、間《ま》の抜《ぬ》けたセイイチロウの顔を軽く指先で押した。そして続き父の声が言った。

「己《おのれ》で自覚《じかく》をしておらんとは、まだまだよのう。カッカカッカッ」

楽しそうに離《はな》れ行《ゆ》く父の笑い声が反響《はんきょう》した。セイイチロウは悩《なや》み思った。あの、くそ親父ッ。そして腰を上げて、一息《ひといき》をついた。父に尋ねられるまで、その(結婚の)ふた文字は頭になかった。黒髪の、日本人形のように愛らしいアイハラツグミと、結婚!? 純白《じゅんぱく》の和服姿を想像しては、まっ赤《か》になる。

セイイチロウは初めてアイハラツグミを女として、意識を覚えた。

そんな照れ隠しをするセイイチロウが、逃げるようにして玄関を離れた。寺の住職は息子《むすこ》を思い、アイハラツグミに声を掛けた。

「明日《あす》には寺に戻ってくるのでな? ここは一服《いっぷく》、茶《ちゃ》などいかがかな?」

言って誘う住職を、奥方の視線が鋭く突き差した。そして頬笑み、言った。

「私にもお茶を一服、立ててくださいな。ねぇアナタ？」

冷《さ》めて見つめた。住職は、その真顔《まがお》が何にも増して、怖いのだった。そんな住職を見送る奥方は、セイイチロウが連れてきた女性に向けて、頬笑み、言った。

「うちの男《おとこ》どもは何でも出来ますのよ。オホホホホ」

自慢の家族だった。アイハラツグミは、そんな優越感を見せつけられては不愉快にもなる。セイイチロウですら一日《いちもく》を置《お》く事実上の発言力《はつげんりょく》は、このおばさんなのだ。そう思い、アルバイト先《さき》で身に付いたお世辞笑《せじわら》いを浮かべて、アイハラツグミは言った。

「それは将来が楽しみですね？」

一瞬にして笑いが止まったおばさんの視線が逸《そ》れた。ツグミは冷《ひ》や汗《あせ》な心の内で、思った。何かマズいこと言ったかしら。そんな不安を消し飛ばすような明るいおばさんの声が答えて言った。

「いやネェ、違うわよ？　私に何かあったときに直結にして困るのは家族だから、日頃から訓練を兼ねて色々とねェ？　手伝わせてきたワケよ？　ホホホホホ」

思《おも》い出《で》に笑いが止まらない。そして、お茶《ちゃ》といえば和装よねぇ。そう思う奥方は黒髪のアイハラツグミを見て、心楽しく誘い、言った。

「いらっしゃい。和服を着用させてあげるから。そして写真に残して見せてあげましょう。あのセイイチロウに、ね？　いいからほら」

言って奥方は、真《ま》っ赤《か》に染《そ》まるセイイチロウの顔が目に見えて浮かぶようで、笑いが止まらなかったのだ。ホホホホ。

そんなことは知らず、寺を抜け出し、自転車を走らせるセイイチロウは突然にして感じた悪寒にたまらず足をついた。そして左腕の鳥肌を見た。左腕の鳥肌。それは良《よ》くない。首を振り、北の神獣に呼びかけ意思を強く尋ねた。

『出て来い玄武。そして、これが何なのか。説明をしろッ』

左腕を上げた。気配の奥から目の前に、そいつは現れた。まるでイグアナのようなデカい顔が意思を伝え、セイイチロウに答えた。

『知らぬ。小《ちい》さきことで我《われ》を呼ぶな。末熟な守り手よ』

そう伝えて気配を消した。セイイチロウは鳥肌が消えた左腕を見て、思った。小《ちい》さきこと。取《と》るに足《た》りない。こういうことか。息を吐いた。セイイチロウは気持ちを切り替えて、自転車のペダルをこいだ。もの寂《さび》しさに迷《まよ》いそうな田舎の県道を、二月《にがつ》の風を少し心地良く感じながら、目に映るハヤミ家《け》の大きな西《にし》の門《もん》をくぐり抜けた、ところで足を着いた。そこに車が一台、無造作《むぞうさ》に停《と》められていたからだ。

自転車を移動させる西門の車庫には、見慣《みな》れない軽自動車があった。その脇に自転車を停めた。そして思った。マキさんの車《くるま》が消《き》えたハヤミ家《け》は心に空《むな》しさを与える。そんな敷地内に停められた無作法《ぶさほう》な車は、ハヤミの後見人を務める弁護士のものだ。そして車庫の軽自動車を見て、セイイチロウはハヤミ家《け》の母屋《おもや》の玄関を目指し、歩いた。

セイイチロウは携帯電話で伝えた三十分《さんじゅっぷん》を大幅に遅れて、母屋の玄関に辿り着いた。その引き戸の奥から男性の声がした。

「では私はこれにて戻ります。本採用の折りには直接ご連絡をいただきたいと思います。お父上さまから電話をいただいた時《とき》には何事かと思いましたよ。平日の金曜に大学《がっこう》を休まれるなど、あなたさま親子には驚《おどろ》かされます」

そう聴こえた。セイイチロウはその声を思った。声《こえ》の主《ぬし》はハヤミの後見人《こうけんにん》を務める弁護士で、大学《がっこう》を休むと報せを受けて足を運んだ。そこに見慣れない車庫の軽自動車に気づき？　腰が抜けるほど驚いた。そして何《なん》らかの説明により話を丸く収めて帰るところ。セイイチロウは、そう思った。その玄関の引《ひ》き戸近《どちか》くから弁護士の声がした。

「ああ、そんなに畏《かしこ》まらないでください。ようはタイミングの問題にもあると思われますので。それに、こう言っては何ですが。そろそろ顧問《こもん》としての話を本格的に、お考え願いたいと思います。私としては心配で心配で。お父上さまからの電話連絡のたびに肝《きも》を冷《ひ》やします。そこで、若君さまも二十歳《はたち》の成人《せいじん》を迎えられたことですし。私としては成人の後見人としてではなく正式に顧問としてのお世話《せわ》をさせていただきたく申し上げます。その旨《むね》のご検討《けんとう》を改めて、お願いをいたします。それでは、これにて失礼をさせていただきます。次回の予定では年度末《ねんどまつ》の手続きの折りにて立ち寄らせていただきますので。こちらから一度ほど電話を差し上げます。新《あたら》しいお手伝《てつだ》いさんにもそう、お伝《つた》えください。お疲れさまでした」

そう言って隔《へだ》てる玄関の引き戸が開《ひら》いた。弁護士の顔が驚き、目をむき、たじろいだ。セイイチロウはそんな弁護士に前を譲《ゆず》り、ねぎらいの声を掛け、言った。

「大変ですね。色々と?」

そう言って弁護士の驚く顔を見た。ハヤミの声がした。そして玄関から顔を出した和服のハヤミがセイイチロウを見て、言った。

「世話になる弁護士を、からかわないでほしい」

そう言って、続き弁護士に声を掛けた。そして少し離れた。そんな庭先《にわさき》で短い会話をしたハヤミが頭を下げた。困り顔で対応をする弁護士が軽く答えて、笑みを浮かべた。そして踵を返して素直に帰ってくれたようだ。そしてセイイチロウは、近づいて来るハヤミに尋ねた。

「何の話をした?　あの弁護士と」

そこに、思い出したようにしてハヤミが素直に答え、告げた。

「秘密主義。寺の息子がそうベラベラとして他人《ひと》ん家《ち》の話をするワケがない。そう主張をしただけ。それに対して話をする場所を考えると言って、帰ってくれた。そんなことよりも家に入ってくれないかな。話があって来たのだろう?　セイイチロウ」

ハヤミに、そう言われてセイイチロウは母屋《おもや》の玄関を入った。そこに正座姿の(神社では顔見知りの)二人の女性を見て、セイイチロウは軽い会釈をしながら言った。

「お邪魔をいたします」

そしてセイイチロウは思った。神社の世話役の二人がいては肩が凝る。まるで見張られているかのようだったからだった。そこにハヤミがセイイチロウを誘い、言った。

「気にするなといつも言ってるだろう？　来いよ。裏に行こう」

その誘いにセイイチロウは、素直に付いて歩いた。

裏の茶《ちゃ》の間《ま》でセイイチロウは、ハヤミが窓辺《まどべ》に腰を下ろしたところを見て、声を掛けた。

「電話での話だよ」

そう言ってセイイチロウは、ハヤミの近くに腰を下ろした。そして続き尋ねた。

「なぜ二十数年前《にじゅうすうねんまえ》の時代背景などを調べた？　何が切っ掛けでそうなったのか。それを先に話してくれ」

そう言って身体を楽にして、ハヤミを見つめた。

窓辺のハヤミは、セイイチロウの質問に少し考えて、答え言った。

「そうだな。切っ掛けはオキノケイスケに電話で聴かされた雑談の内容からだった。でもケイスケの話を聴く以前《まえ》から少し興味があった。三年前の夏の時期に、嫡子のオレに兄妹《きょうだい》がいるのか否か。その話でマキさんから古い記録ノートを見せられた。そこに双子の文字や兄妹《きょうだい》を思わせる話はなかった。それで終わったように思えたけれど、少し気になり始めていた。生《う》まれる以前《まえ》のページに何が書かれているのか？　父さんは母と、どのようにして知り合ったのか？　アイハラツグミはなぜ若《わか》き頃《ころ》の父さんと母が写る病室での写真を持《も》っていたのか？　そんな疑問が溢《あふ》れてきて。マキさんに、何度《なんど》も見せてほしいとお願いをした。だけど結果的にそれは叶わなかった。それでオキノケイスケの雑談を切っ掛けのようにして思い出して、父さんの若《わか》き頃《ころ》の時代背景を調べた。そして分かったことは情報が飛び交う激動の世《よ》の中《なか》を生き抜いた、父さんの面影だった。そんなところだよ？　セイイチロウ？」

そう答えてセイイチロウを見た。セイイチロウは首を振り息を吐いた。ハヤミの話を考えながら、ゆっくりとして答え言った。

「オレが寺の親父に尋ね、聞いた話の答えは、こうだった。二十数年前《にじゅうすうねんまえ》の二十歳《はたち》の頃《ころ》、ハヤミの親父さんは町《まち》の成人式《せいじんしき》に顔を出さなかった。当時は県外《けんがい》の大学に進学をする者が多くて、気にするような話でもなかったそうだ。そして、その時代《じだい》の成人《せいじん》の日《ひ》は一月《いちがつ》の十五日《じゅうごにち》として固定《こてい》をされていた。それで、覚えていたように寺の親父は話を始めた。その話は、ハヤミの親父さんが嫁《よめ》さんを。お前の母親となる女性を紹介された時《とき》に、なれそめとして聴かされた後日談《ごじつだん》のような感じだったそうだ。それらを踏《ふ》まえたうえで話を聴いてほしい。心の準備はいいか？　ハヤミ。お前が知りたいと言った親父さんと母親の、なれそめの話だぞ？　一度しか話せないから、心して聴いてほしい。いいな？　ハヤミ」

そう、セイイチロウは念を押した。ハヤミは少し考えて、素直に答え言った。

「激動の時代の一月十五日《いちがつじゅうごにち》の冬の話。そう頭《あたま》にインプットをしたから、話を進めてくれ」

そう言って肩の力《ちから》を抜いた。セイイチロウは、そんなハヤミの様子を見て、話を整理した。生《う》まれる前《まえ》の話に対する集中力が、必要だったからだ。そして、寺の親父に聴かされた話をハヤミに、語り聞かせるようにしてセイイチロウは言った。

「あれは寺の親父が、家業《かぎょう》を継ぐと共に母《かあ》さんに、結婚の申し込みを考えていた頃の、一月十五日《いちがつじゅうごにち》だった。当時の成人の日に、ハヤミの親父さんから一本《いっぽん》の電話連絡が入った。そのときの親父はテレビ報道で流れる成人の祝《いわ》いのライブ映像を見ていて、信じられない感じだったそうだ。その電話の内容は、こうだった。『神戸がブッ壊れる。戻れそうにない』そんな非日常《ひ》的な話を、国民的祝日の成人の日に告げられた親父は、受け入れることができなかった。その二日後の十七日に、歴史にその名を刻んだ〝阪神淡路大震災〟が起きた。その伊丹《げんば》に、ハヤミの親父さんが居たんだ。それはハヤミ家《け》のお祖母《ばあ》さま。正確に言えば、ハヤミの親父さんの母親に、寺の親父が確認をするために駆けつけたところ、連絡が取れないと泣き崩れられたそうだ。すべてが混乱をしていた。電話やメールが通じないばかりか交通の手段さえ、ない状態が続いた。それを寺の親父は、まるで陸の孤島の戦場を見守る気分だったと言った」

そこでセイイチロウは、息を吐いた。あまりにも痛ましい内容なので、オキノケイスケやアズミタカシには聴かせられない。すべては生《う》まれる前《まえ》の出来事だった。そしてセイイチロウは、物静かなハヤミに声を掛け、尋ねた。

「今の話を、理解できたのか？　同じ話をくり返し、できないぞ？」

言って窓辺のハヤミを見つめた。そこにハヤミが呼吸《こきゅう》をした。そして答え言った。

「神子《みこ》の家系だから、それなりの苦労はある。〝自然の流れに逆《さか》らうな〟——その家訓を父さんは、逆らい壊《こわ》そうとしたのかもしれない。それだけだよ」

ハヤミはそう言って肩《かた》の力《ちから》を抜《ぬ》いた。そこに女性の声がした。社交的な言葉を述《の》べる神社のナガセさんが緑《みどり》の茶葉《ちゃば》の香《かお》り立《た》つ、お茶を運び置いてくれたのだ。ハヤミは素直にお礼を言った。

「ありがとう。下がっていいよ」

そして、温《ぬく》もりのある緑茶を一口《ひとくち》、ゆっくりとして飲み込んだ。身体の中心を伝わる温《ぬく》もりが心地良くて、ハヤミはもう一口《ひとくち》、緑茶をゆっくりとして飲み込み、肩の力を抜いた。

そんな一息を終えたハヤミは湯呑みを茶盆《ちゃぼん》に戻した。そこでセイイチロウの思案顔に気づいた。そして一応、ハヤミは尋ねてみた。

「どうした？　神社の二人に尋ねたいことでもあるのか？」

そう言ってセイイチロウを見た。セイイチロウは困り顔をして、呟き答えた。

「神子《みこ》の家系。それを改めて、気づかされた」

言ってセイイチロウは、家政婦のマキさんの過去が気になり、それをハヤミに尋ねた。

「なぁハヤミ。マキさんて、神社《じんじゃ》からハヤミ家《け》に入ったのか？　三年前のゴタゴタで、少しな、そんな話を小耳《こみみ》に聴いた。それで？　やはりマキさんも、あの二人と同様にして、神社の世話役だったのか？　神子《みこ》の家系としていうのなら、お前の父親の、世話役とか？」

そう言ってハヤミを見た。ハヤミは考えながら、セイイチロウの疑問に対して答え言った。

「そうだと思う。神社職のおじさんの話では、長年務めたマキさんの任を解き、二人を召し抱えてほしい。そう言ったから、神社の世話役を務めてハヤミ家に入った。そう考えていいと思うよ」

そう言って、ハヤミは温《ぬく》もりの残る緑茶を一口《ひとくち》、ゆっくりとして飲み込んだ。そして茶盆に戻して、窓辺に寄《よ》り掛《か》かり裏庭を見つめた。二月《にがつ》の風《かぜ》が竹林《ちくりん》を騒《ざわ》つかせる。マキさんは、もう来《こ》ない。大人《おとな》になるとは、そういうことなのだろうか。あったハズのものが欠《か》けていく。それを新しいもので補《おぎな》い繕《つくろ》いを立てる。以前とは別のものになる。それらに慣《な》れるまではもう少し時間が掛かる気がした。そこに声がした。不安そうな顔をしたセイイチロウが続き、ハヤミに言った。

「マキさんを思い出すような話をして、悪かった。だからそんな、たそがれた顔をするな。ハヤミ?」

セイイチロウの手がハヤミの頬に触れた。ハヤミは驚き強く、はねのけた。そして何も知らないセイイチロウに、断言して告げた。

「マキさんが想う一番は、父《とう》さんだッ。オレじゃない。そんなオレが……。オレは、すべてを受け入れてきたッ。謝れ。今すぐマキさんにあやま……れ」

苦痛に言葉が出ない。ハヤミを襲う内なる感情の呪縛が身体を痛めつける。腰が崩れた。

「ハヤミ!」

身体を襲う怒りの感情がトゲとなり蹂躙《じゅうりん》をして、激しい痛みが込み上がった。苦痛の叫びだった。

そして異変《それ》はセイイチロウの目の前で起こった。胸《むね》の護符《ごふ》が作用をして、白銀の光《ひか》りがハヤミを包み込んだ。一瞬にして弾けて消えた。そこに浅い呼吸をくり返すハヤミがいた。額《ひたい》の封印が青く輝くを視た。セイイチロウはそこで初めて〝鎮めの儀式〟の意味を悟った。

セイイチロウはハヤミが苦しむ額《ひたい》の封印を知っていた。そして胸《むね》の護符《ごふ》はセイイチロウが〝守れ〟と願《がん》を懸《か》けハヤミに持たせたものだ。それが寺の役割りだったからだ。それを思うセイイチロウはハヤミの現実《リアル》から逃げるようにして立ち上がり、携帯電話で寺の親父に連絡を取った。そして電話を通し、親父に訴え、言った。

「ハヤミの封印を解いてくれッ」

セイイチロウの悲痛な叫びだった。


そんなセイイチロウに寺の父《ちち》が答え、言った。

「明日《あす》、すべてを話そう。今《いま》は、堪《こら》えてくれ。頼《たの》む……」

そう言って電話が切れた。明日《あした》……。思うセイイチロウは、今《いま》を考えた。そして消耗をしたハヤミが求める水を、思い出して、その家の台所に向かった。

そんなセイイチロウは幼少《ようしょう》の頃《ころ》を思った。まだ幼《おさ》なかったハヤミが、お祖母《ばあ》さまに連れられて、寺を訪れ来るようになって以来の、長い付き合いになる。それでもハヤミを前にして、知らないことが浮き彫りとなる瞬間がある。そんなときセイイチロウは言葉を飲み込み気づかないフリをしてきた。そしてそれは、神社の女性の二人の手によって、ハヤミの世話役としての所業が、セイイチロウの背後で行なわれているのだ。まさか口移《くちうつ》しで、消耗をしたハヤミに水を、飲ませるとは……。そんな口付けの瞬間を、思い出しては首を振るセイイチロウだった。そこにハヤミの声がした。

「セイイチロウ。手を、貸してほしい」

そう言ってハヤミが腕を伸ばした。崩れる寸前を、セイイチロウが肩に支え、起こし上げた。そして尋ねた。

「どこに行きたい」

まだ本調子ではないハヤミが指し示した場所は、すぐそこの窓辺だった。ほんの数歩の短い距離を、ハヤミは動けなかったのだ。そして、いつものように座らせ、窓辺の柱に背中を預けたハヤミが、お礼を言った。

「ありがとう、セイイチロウ。早速で、悪いけれど、話の先をしてほしい。神子《みこ》の家系。そこまでは覚えている。父さんは家訓を、壊そうとした。だけどそれは無理だ。そんなことをすればヒズミができる。それを補《おぎ》なおうとして大自然の力《ちから》が働き作用をする。何が起こるか分からない。だからこそ、自然の流れに逆らうな。オレはそう、お祖母《ばあ》さまに教えられた。それは父さんにも分かっていたと思う。それでも、その場所に行かなければならなかった理由を、話してほしい。たぶん母が、関係をする話だ」

そう言って息を吐いた。そこに神社の女性《ナガセ》がハヤミに声を掛けて、水の入ったコップを差し出した。ハヤミはそれを受け取り、水を一口《ひとくち》ほど、ゆっくりとして飲み込んだ。それを確認したナガセが笑みを浮かべて、ハヤミに声を掛け告げた。

「昼餉の用意をいたしますので、心静かにお待ちください」

その話にハヤミが短い言葉でウンと答えた。そしてナガセがセイイチロウに向けて一礼をして、席を外した。セイイチロウは、そんな素早《すばや》い女性《ナガセ》の行動に、反応ができなかった。セイイチロウは、窓辺でコップの水をゆっくりと飲み込むハヤミを見て、考えた。ハヤミは先程、母が関係をする話だと言っていた。それはまぁ、なれそめの言葉からして容易《ようい》に思い付くことだろう。しかしハヤミの頭の回転の速さにはいつも驚《おどろ》かされる。それをなぜ学業に生《い》かせられないのか。不思議になる。そこにハヤミが声を掛けてきた。

「どうした？　セイイチロウ。時間が、ないのだろう？　それとも、今夜は泊まって明日《あす》を一緒に、寺に行くのか？　オレはそのほうが楽だけれど？　迷惑かな？」

そうハヤミは尋ねた。セイイチロウは、ハヤミの質問に対して願ったり叶ったりなワケで。あっさりとして言った。

「それでいいよ。オレもそのほうが楽だし？」

セイイチロウは少し、ズルをした気分になった。そこにハヤミが嬉しそうな顔をするので、それに釣られたようにハヤミの話に合わせて、セイイチロウは答えた。

「そうだな。高校三年のあたりから大学生活に馴《な》れるまで、時間が掛かったからな。じつに三年ぶりに一晩《ひとばん》、世話になるよ？」

そしてセイイチロウは気分的に、楽になれたような気がして、ハヤミとの会話も進んだ。

その夜にセイイチロウは、皆が寝静まった頃に、寝間着に羽織りを重ねて布団を離れた。そしてハヤミから預かった鍵《かぎ》を使って、茶の間の階段扉に掛かる錠前を外《はず》した。そして開《あ》ける扉の奥に現れた、古風な木目の階段を這《は》うように登り、辿り着いた二階の、ハヤミの勉強部屋に足を進めて、照明を点けた。とたんに目が暗《くら》み、明《あ》かりに慣れた部屋の散らかりように言葉も出ない。とにかく資料《しりょう》という紙が畳の床一面に、散乱をしていたからだ。よくやるなぁ。そう思うセイイチロウは、片付けようとして、ふと思い手を止めた。『絶対に片付けるなよ』それがハヤミから階段扉の鍵を預かるときに交わした約束だった。なのでセイイチロウは片付けを諦めて、正座をして使用する和風の机に、足を進めた。そして目を止めた机の上に、求めるそれはあった。

それを手にして床に座り、ハヤミが書き留めた趣味ノートのページを戻して、関連の項目《こうもく》から順に目を通し始めた。それらはセイイチロウが生まれる以前の、二十数年前《にじゅうすうねんまえ》に実際に起きた時代背景の学習記録ノートだった。隅の余白に書かれた情報技術革命の文字を見て、セイイチロウは歴史を思い、その先を求めて黙読を続けた。目を通すそれらは学校の教科書で学んだ覚えがある事柄に加えて、雑学のような？　世間一般《せけんいっぱん》を騒がせた噂話のような出来事などが、並んでいる。その時代《じだい》の入れ変わりに飛び交う情報の嵐に翻弄《ほんろう》されて頭の整理が付いて行けずに、セイイチロウは加熱した身体を畳に放り、息を吐いた。ノートを手放して味《あじ》わう解放感の先に、散乱をする資料《しりょう》の紙を見た。そして、疲れた頭で思った。こういうことか。情報の波に飲まれる。そんなハヤミの言葉を思い出して、頭の奥でそれを噛みしめた。必要だと思われる頭の情報整理に、時間が掛かる。ハヤミが書いたノートでは、人類の滅亡説やら、宇宙望遠鏡の話やら、環境ホルモンの話などに思考が拡散《かくさん》されて、欲しい情報に集中ができない。そんなセイイチロウは、寺の本堂で父親から聴かされた話の確認をとりたくて、ハヤミのノートに興味を持ったのだが。床に散乱をした資料《しりょう》の中からピンポイントに、それを探し出す以外に打つ手もないように思われた。しようがない、やるか。そう思うセイイチロウは床の紙を手当たりしだいに目を通して、若《わか》き頃《ころ》のハヤミの両親が、なれそめに関わった資料《しりょう》を探し求めた。しかし、まだ生《う》まれる前の、当時の時代背景の資料《しりょう》が多すぎて、キリがない。そんなセイイチロウは、両腕を使い、床の資料《しりょう》を、掬い上げた。そして紙ふぶきのように舞い踊った。

バカだ。そんな部屋《へや》明《あ》かりの中《なか》を、一枚の大きな文字が見えて、紙に飛びついた。その紙に、コピーで写しとった活字印刷の文字が、訴えた。〝死者の数、すでに六千人《ろくせんにん》を超える〟歴史の教科書で学んだ出来事が、リアルに現れた瞬間だった。

それはセイイチロウが生《う》まれる前の話だった。関西を襲った大規模地震の現場に、若《わか》き頃《ころ》のハヤミの父親（ナオマサ）がいた。それは一人息子《ひとりむすこ》のハヤミナオユキにはすでに、寺の親父から聴いた二人の、なれそめとして話を終えていた。しかしその話には、実感というものが欠《か》けていた。そして手にした当時を告げる、リアルタイムに書かれた新聞報道のコピーを見た。その日付けは地震が発生した、まさにその年だったのだ。セイイチロウは座り込んだ。そして思った。六千人を超える死者の数。地方都市の大混乱。ライフラインのストップ。それらの記事は、まさに戦場を思わせた。……止《と》められるワケがない。大自然の破壊《はかい》エネルギーを前にして、人間《ひと》はちっぽけな存在だった。

それはセイイチロウが生《う》まれる前の話だった。そんなセイイチロウが寺の親父から聴かされた、若《わか》き頃《ころ》のハヤミの父親（ナオマサ）の話はこうだった。

それは二十一年前《にじゅういちねんまえ》の十五日《じゅうごにち》。国民の休日として成人を祝うその日に、若き頃の寺の親父に一本《いっぽん》の電話が入った。しかしその時《とき》はすでに、ナオマサは問題の地《ち》に向かっている最中《さいちゅう》だったそうだ。

『神戸がブッ壊れる。戻れそうにない』

そう言って電話を切り、ハヤミナオマサが向かった先は、伊丹の小さなアパートだった。その一室に、気になる女性が居たからだ。しかしその女性は、ナオマサの話を受け入れることができなかった。ナオマサは、成人を祝うその日の説得を断念した。そして翌日の早朝に、再び女性の部屋を訪ねた。そこで口論となった。そんな最中《さなか》でナオマサは、一《ひと》つの提案を投げかけた。

『二日だけ、君の側に居させてほしい。それ以上は望まない』

そしてようやく、その玄関扉が開《あ》けられた。女性の名前はフジノアケミだった。この時《とき》の二人《ふたり》は、東京の国立大を卒業した同窓生という間柄だったそうだ。そんなフジノアケミは住むアパートの扉をノックして回った。そんな彼女を迷惑だと煙《けむ》たがる者もいた。なかには、ネット接続のトラブルで助けてほしいと嘆《なげ》くおじさんもいた。その時《とき》の出来事をナオマサは、参《まい》ったとグチをこぼしたそうだ。しかし普通にして日常の生活を送る者に、話は通じなかった。そしてフジノアケミもその一人《ひとり》だった。心を固く閉ざしたアケミは無視を続けた。理由が分からなかった、からだそうだ。それを知らなかったナオマサは根気強く、彼女が話に折れてくれるときを待ったそうだ。そこに彼女の平手打ちが、ナオマサの顔に炸裂《さくれつ》して、痛いお灸をすえた。

『目《め》が覚《さ》めた。これ以上、付き纏《まと》わないでくれる。迷惑だからッ』

そして寺の親父の話では、その当時はベンチャー企業などの勢いもあり、成せば成るというインターネットの普及を目差していた。

そして、ストーカーという言葉を耳にするようになったのも、ちょうどその頃からだったらしい。そこに警察を呼ぶと主張をされては、ナオマサは身を退くしかなかった。そして一晩中《ひとばんじゅう》を、冬の寒空の下《した》を待ったそうだ。

夜明けに空《そら》が白《しら》む頃《ころ》になり、現れたアケミの誘いに甘んじて、ナオマサはアパートの台所に入った。出勤の時間まで、そういう条件付きで、冷えた身体に温《あたた》かいコーヒーを飲んだ。その時《とき》の温《ぬく》もりに、ナオマサは幸せを感じたそうだ。その話を聴いた若《わか》き頃《ころ》の寺の親父は、のろけるなと言ったそうだ。そして、ナオマサが幸せを感じた少しあとにして、大きな振動が始まった。二足歩行の人間《ひと》は立ってなどいられなかったそうだ。ナオマサはすぐさまに、半狂乱な声を上げるアケミの腕を引き寄せダイニングテーブルの下に身を隠した。それはセイイチロウも知る町の小学校で、微動《びどう》な揺《ゆ》れに対して机の下に隠れるという、変わった風習の成《な》せる業《わざ》だった。しかし関東の人間《ひと》にその習慣はなかったようだ。『何《なに》やってんだ？　お前』そんな声が降ってくるだけだったそうだ。そしてフジノアケミも、その関東の人《ひ》間《と》だった。アケミは尋ねた。

『なぜ、来たの？』

その時《とき》のナオマサは、その場を抜け出す空間《くうかん》を求めて、周囲のガラクタをスリッパの足で蹴り分けた。そして、倒れた収納ボックスなどを押し退け空間を作り、振り返り言った。

『君を守るためだ。来てほしい』

話はそこで、終わっていた。後日談として寺の親父がハヤミの親父さんを、からかったからだ。「ポーカーフェイス。いよッ色男」などの声を掛けたらしい。そこに少し笑《え》んだ若《わか》きハヤミの親父さんが、軽い冗談まじりで答えたそうだ。『アケミをからかわないでほしい。今はまだ、そんな気分でもないから。頼んだぞ』そう言った。若《わか》きハヤミの親父さんの顔色が、なぜか侘《わび》しそうに見えたそうだ。

その話をセイイチロウは、すでにハヤミナオユキに伝えていた。その時《とき》の様子はこうだった。裏庭を眺める窓辺の柱を背にして、ハヤミは物静かに聴いていた。そして話も後日談にと差し掛かり、ハヤミがふと考えるしぐさを見せた。ハヤミは首を振り答えた。

『悪い。別のことを考えていた。ごめん』

その時《とき》のハヤミは、アイハラツグミが持っていた若《わか》き頃《ころ》の写真について、話が出ないと言っては不思議そうな顔をした。セイイチロウは疑問に思いつつも、知らんねと答えた。そんな話よりも、若き独身だった二人の話を聴いて、どう思ったのか、尋ねていた。それについてハヤミはこう答え話した。

『今《いま》さらのような話だけれど？　人間《ひと》は衝撃を受けた話の内容を否定する。それは神社での悩み事《ごと》相談の話を聴いて、受け答えるときにもっとも気をつけていることだから。そのため昔の父さんが取った行動は、実際にそれしか選択肢はなかった。昔の母はそれを知らなかったから。だから住んでいたアパートの住人たちに声を掛けた。それが心の傷をもたらすとも知らずに母は……。ごめん、話を間違えたようだ。つまり母は心の繊細な人間《ひと》だった。昔の父さんはそれに気づいていた。だからこそ少し侘《わび》しい顔をした。昔の父さんて、ヒーローだよ。でなければ今のオレは存在しなかったことになる』

そう言ってハヤミは席を外した。その話を聴いてセイイチロウはズレを感じた。感覚のズレ。思考のズレ。あげればきりがない。そしてハヤミに声を掛けた。書いている趣味ノートを見せてほしい。ハヤミは驚き、否定をした。そんなハヤミが考え呟いた。『なるほど、それでマキさんはノートを……』ハヤミがセイイチロウを見た。そして答え言った。『見てもいいけど、絶対に片づけるなよ。それが条件だ』そしてセイイチロウは鍵《かぎ》を受け取った。そこに夕食が運ばれてきたので、皆が寝静まる深夜を待った。そしてセイイチロウは欠けていた（学校では習わなかった）歴史上の精細な事実をハヤミの勉強部屋で知った。まるで戦場を思わせるような地方都市の大混乱を告げた、新聞報道のコピーだった。

その事実に目を通して、セイイチロウは改めて思った。若《わか》き頃《ころ》のハヤミの父親の行動を思い出して首を振った。とても真似などできないからだ。そしてハヤミが告げたヒーローに脱帽的な息を吐いた。まいった。そんな出来事を受け止めて、部屋の明かりを消した。

そして、夜目《よめ》に慣《な》れたところで移動をして、奈落のような階段を、注意をして下りた。閉《し》める扉に錠前を戻した。そして息を吐いた。そんなセイイチロウは明日《あす》に備《そな》えて、膨《ふく》らみのある布団に潜り込んだ。すべてを話すと言った寺の親父を信じて、人肌《ハヤミ》の温《ぬく》もりを湯《ゆ》たんぽの代わりに抱き寄せて眠りに着いた。

ハヤミは朝の目覚めで頭を起こした。側《そば》に眠るセイイチロウを見て、昨日を思い出し、物静かに布団を離れた。そして思った。びっくりしたぁ。何なんだ？　いったい。ハヤミは首を振った。そして着替えを始めた。

冬のシャツに腕を通して、昨日のセイイチロウを思った。疲れたのだろう。昨日のセイイチロウは生《う》まれる以前《まえ》の話を双方に分けて、くわしい内容で説明をしてくれた。そこに独自《どくじ》の着色がなかったとは思えない。人間《ひと》伝いの話では、移り変わりがしやすいものだったからだ。そこに信憑性を求めるとするならば、話の対象者に直接として声を掛けるべきだろう。ハヤミは通う大学の法学部で、そう学んでいるからだった。そして今回は父さんの一人《ひとり》息子として、すでに巻き込まれていた。

そんなハヤミは昨日のセイイチロウに話の感想を尋ねられて、言葉を濁《にご》し置《お》き替《か》えたときがあった。それはセイイチロウが知らない話なので、あの時《とき》はすり替《か》えて伏《ふ》せた話だった。それは白《しろ》い悪夢としてハヤミの記憶の底に眠る母のイメージと、自然災害に遭遇をしたフジノアケミという女性の話が、折り重なった瞬間に起こった。それはパラドックス（偽りであり真実である）に近いものだった。そして同じ大学の医学部に通うニシジマオリトが研究テーマとして取りあげて、ハヤミのもっとも個人的な部分（深層心理）のトラウマだったからだ。

そんなハヤミの母は、静岡に住むフジノマナミおばさんの妹に当たるフジノアケミという名前の女性だった。その母は、ハヤミが一歳《いっ》の誕生日を迎える以前《まえ》に亡くなっていた。そのため実在の母としての記憶がないのだ。そしてあの、多くの死者を出した自然災害の現場に、若き頃の母がいた。それに重ね合わせるようにして、目を閉じて座り、ハヤミは心の奥底に進んでいった。

白無垢《しろむく》姿の写真の母と白梅香の甘い匂い。誘われて、白い夢の世界として感じる母は悲しい、淋しいヒトのようだ。

『……で。一人にしないで、お願いよ……』

母は一人、泣いていた。母の高笑いが上がり世界が赤く染まった。心に痛く、針《はり》の刺々しさが全身を襲った。母の声がした。

『悪いのは私。誰も信じない。オオ、ホホホホホ』

そんな母の心が痛く傷ついていく。哀しみ、後悔、どうしようもない赤い戦慄《せんりつ》の燈《とも》し火《び》に、痛くて。だけど今《いま》のハヤミは苦しむ母の原因を知っていた。それを母に伝えたくて思いを手に伸ばし、告げた。

『もういいよ。母さん！　父さんが待っているから。一緒に行こう。お母さん』

伝えて伸ばしたハヤミの腕は小さく、赤子に戻っていた。そんなハヤミを母の笑みが見つめた。ハヤミは母の腕の中《なか》にいた。そして母に教えた。あの時《とき》は伝えられなかった父の光りを。あの光りのなかに居て、母を待っていると。優しい笑顔の母に伝え甘えた。

それは遠い遠い過去の、赤子のハヤミが刻んだ記憶の一部だった。そして若き頃の父の笑顔があり、母の温もりがそこにあった。それはまさしくアイハラツグミが持っていた病室で撮影された写真の光景。そのものだったのだ。それが分かった。ハヤミは目《め》を開《あ》けた。

無意識に目頭に手を当てた。心の奥底から温《ぬく》もりが溢れてきて、涙が顔を濡らした。己《おのれ》の遠い赤子の記憶を理解した。瞬間を味わいつくした。そこで改めて両親を思った。幸せのなかにいたハズの母を、精神的に壊れるほどに追い込んだ何かが起きた。若き父は、母の心を取り戻したくて、まだ赤子だったハヤミを面会させた。そして赤子のハヤミが受けた心の傷がトラウマとなり、長年のあいだを白《しろ》い悪夢《あくむ》として繰り返し見ていた。

子《こ》は鎹《かすがい》だというけれど、知ってみればそれだけのことだった。しかしそこで、疑問が残った。病室で写る写真のように幸せのなかにいたハズの母を、白い悪夢として精神的に追い込んだ何かが起きた。それは何か？　アイハラツグミが持っていた写真については寺のセイイチロウが否定をしたので、白紙の振りだしに戻った気分だった。

そのセイイチロウは布団の中《なか》で、まだ眠っているように見えた。そしてハヤミは朝の洗顔をするために腰を上げ、足を進めた。

そんな朝の身支度を終えて、ハヤミは鏡に映る額《ひたい》の変化に気づいた。あったハズの印らしきものが消えていたからだ。まあ、いいか。そんなこともあるだろう。思うハヤミは不思議な現象を、放置した。それは以前《まえ》に白いカラスが教えてくれた額《ひたい》の封印《ふういん》というものらしくて、気になり始めたころから徐々にして色も濃くなっていた。それが消えたとなれば気にする必要もないだろう。それがハヤミの見解《けんかい》だったからだ。ハヤミは裏の茶の間に足を進めた。

その和風テーブルの上に、二人分の朝食が並べて置いてあり、神社の二人の女性が温《あたた》かいご飯《はん》と汁物《しるもの》を出してくれた。ハヤミは箸を前《まえ》にして正しく座り、手を合わせ静かに思った。いただきます。感謝の一礼をした。そして左手の指《ゆび》で箸《はし》をつまみ右手の平《ひら》で受《う》け指《ゆび》を添《そ》えた。そんなふうに箸を上手《じょうず》に使い、葉物野菜を口に運んだ。ゴマの香りが広がるなかに甘みが増して、野菜が美味《おい》しく頂《いただ》ける。ほうれん草のゴマペースト和えだった。身体が喜ぶ食事を続けた。そして咀嚼をしてゆっくりと飲み込んだ。そこに衝撃的な音がドンと響き、床を伝わってきた。続き家の奥座敷でドタバタとした騒動のなかを、茶の間のハヤミはコップの水を飲んで一息《ひといき》を吐いた。コップをテーブルに戻した。そこにセイイチロウの声がした。

「まて。この野郎う」

そう言って、寝間着姿を取り乱したセイイチロウと共に、目の前に迫り来る白《しろ》い物体《ぶったい》を見て、ハヤミは頭を下げた。後方でバサッとした音と共に白《しろ》いカラスが畳の床に落ちたのだ。それを見てハヤミは思った。目が見えていないようにも思う。白いカラスは、ハヤミの自転車といい壁といい、窓のガラスなどに突進《とっしん》しては、よく落ちるからだった。ハヤミは着用中のセーターを見て、それを脱いだ。そして、カモメのような白いカラスを包《つつ》み、腕に抱《だ》き上げた。セイイチロウが言った。

「何なんだ、そいつは。いきなり飛び込んできてぇ。思わず尻餅をついたぞッ」

言いながら首を振り頭を抱えた。ハヤミはそんなセイイチロウを見て、思った。先程身体《さきほどからだ》に感じた衝撃的な音はセイイチロウが突いた痛い尻餅のようだ。そこでハヤミは一《ひと》つの疑問を感じて、それをセイイチロウに尋ねてみた。

「痛い思いをしたついでに聞くけれど、なぜ窓を開けたりする？　それが原因だろう、この鳥が飛び込んできた理由は。鳥は朝から騒《さわ》ぎ飛《と》び立《た》つものだよ？　セイイチロウ」

ハヤミはそう言って、足を玄関の外に向けた。歩き辿り着いた芝の上に、腕のセーターを下ろした。白いカラスは寝たふりをしていた。白いカラスがハヤミを見て、言った。

「さきほどは間違えた。私が愚かだった」

そう言って、白い翼に頭をこすりつけ羽を整え始めた。壁に体当たりをした後だ。絡んだ羽が気になるのだろう。ハヤミはそう思い、何も語らずに家に入り、玄関の引き戸を閉《し》めた。セイイチロウが言った。

「さっきのあの鳥は、白いカラスだろう。三年前にお前が自転車で接触事故を起こした」

そこで口を閉じた。セイイチロウは神社の二人の女性を気にして、ハヤミを誘い、茶の間の窓辺で。続き囁《ささや》き声で話し、尋ねた。

「オレに隠《かく》し事《ごと》をするなよ。それにオレは、あの白いカラスが山神《やまがみ》の使《つか》いだと知っている。むしろ寺の親父や神社の塾長先生ですら、あの白いカラスのことは重々承知をしている。なにしろ三年前の夏の日に、赤く染まった古《ふる》い胸《むね》の護符《ごふ》を山で清め祓いの封印をしたときに、山神《やまがみ》の意思らしき声を感じた。それは我《わ》が子《こ》を求める母親のような、清《きよ》らかなものだった。今《いま》だから告白をするけどな？　底知れぬ大自《だいし》然《ぜん》の力《ちから》が作用をしている。それを感じたときにオレは腰が抜けていた。近くにいたオキノケイスケや西の獣医の目には、さぞ滑稽《こっけい》に見えたことだろう。それらを踏まえて白いカラスの存在を知る人間《もの》は、オレとお前を含めて六人《ろくにん》はいる。それを忘れるなよ、ハヤミ。この次《つぎ》は、ぜったいに捕《つか》まえてやるぞッ」

思《おも》い言った。セイイチロウは、茶の間の柱にハヤミを残して、朝も遅い洗顔に向けて足を進めた。ハヤミは、セイイチロウの話に首を振り、考えた。別に隠していたワケでもなくて、話をする機会がなかった。それだけのことだった。そして茶の間のテーブルに戻り、朝食を続けた。そこにナガセさんが緑茶を持ってきてくれた。

「ありがとう」

ハヤミはそう言って、緑茶を飲んだ。そして朝食の食器を下《さ》げるナガセに話しかけた。

「あのね？　お昼はサンドイッチがいいなぁ。緊急で持ち出せるし。どこでも食べられるから。サンドイッチを三人分《さんにんぶん》、用意しておいてくれるかな？　具材は何でもいいから。でも、そうだね？　酢《す》っぱいものと苦《にが》いものはダメだよ。ピクルスとかスライスオニオンとか。そういうものは食べられないから。ごく普通の卵《たまご》とハムなどをパンに挟んで食べる。それをお願いするね。よろしく？　ナガセさん」

そう言ってメモ書きを終える神社の女性《ナガセ》を見た。ナガセは不思議に思い、尋ねた。

「あのう。今日はどちらに、お出掛けなのでしょうか？　これではまるで、ピクニックですよねぇ。どちらに寄《よ》り道《みち》をされます？」

言って神子《みこ》のハヤミを見た。ハヤミはその質問に少し考えて、素直に答えた。

「場所の変更はないよ。寺のセイイチロウもいるし？　寺で少し話をして、夕刻までには戻ってくるから。でも、少し厄介《やっかい》なことになりそうで。食べるものを用意したほうがいいかなぁ、そう思ったから。単純にお願いをしたまでで。そう深い意味はないよ。町に飲食店もあるし。ね？　何とかなると思うから。お昼の用意をしておいてね。頼んだよ」

それだけ言って、席を立った。そしてセイイチロウを前にして、ハヤミは尋ねた。

「昨日、お前に預《あず》けたものを、返してほしい」

手の平を前に出した。セイイチロウは少し考えた。昨日、ハヤミから預《あず》かったもの。茶の間の隅を見て、扉の鍵《かぎ》を思い出し言った。

「ああ、あれな？　忘れるところだったよ」

そう言って腰紐からホルダーを外した。そして二階に続く階段扉の鍵《かぎ》を手渡して、続き言った。

「少しは片づけろよ。見られて恥ずかしいと思うならな？」

言ってセイイチロウは見た。ハヤミの冷《さ》めた笑みに一瞬、凍りついた。気がした。そんなハヤミの背中が開ける扉の奥に、消えた。セイイチロウは苛立《いらだ》ち思った。何なんだ。あの薄笑いは。まるで人間《ひと》を見下しているような？　クソッ。セイイチロウは茶の間のテーブル席に腰を下ろした。そして思った。ハヤミはあんな冷《さ》めた笑みをするヤツじゃないッ。原因として考えるならハヤミの勉強部屋に散らかる床の資料《しりょう》の山だ。そして昨日《きのう》の電話でハヤミは答えていた。

『性格が変わったかもしれない』

それを聴いたセイイチロウに実感はなかった。そこに強気な女性《ショノ》の声がした。

「いかがなさいました」

そう言って見つめた。神社のシヨノが続き、セイイチロウに向かい、告げた。

「据え膳食わぬは男の恥と申します。召し上がっていただかなければ困ります。なので、どうぞ、お召し上がりください」

そう言って温《あたた》かなご飯《はん》と味噌汁が改めて用意されたのだ。さすが武家の流れを汲むハヤミ家《け》の朝ご飯だ。そんな手作りの料理を前にして、セイイチロウは箸を付けた。そこに神社の女（シヨノ）の叱《しか》り声《ごえ》が衝《つ》いて出《で》た。

「箸《はし》は正《ただ》しく。膝《ひざ》を立《た》てない。喰《く》わえ箸《ばし》をやめなさいッ。たいへん失礼ですッ」

そんなシヨノの小言に首を振り、セイイチロウはムカついて言い返した。

「メシくらい自由に食わせろよッ。腹が立つんだッ。オレに恨みでもあるのかッ」

そう言ってセイイチロウは、五歳年増《ごさいとしま》のシヨノを無視した。シヨノは強気な目をして、ツガワセイイチロウにきっぱりと断言をした。

「神社の塾生の分際で、失礼です。身分をわきまえなさいッ」

それはもう売り言葉に買い言葉だった。神社の女（シヨノ）を相手に寺の息子（セイイチロウ）の罵声が飛び、それに反発をするハヤミの世話役の女（シヨノ）の叱責《しっせき》が堰《せき》を切《き》る。それはセイイチロウが神社の裏手《うらて》ビルの塾《じゅく》に通い始めた十三歳《じゅうさんさい》の頃から、六年は続く啀《いが》み合《あ》いだった。そこに世話役の神社の女（シヨノ）がセイイチロウに待《ま》ったを掛《か》けた。そして呟いた。

「変ね？　いつもだったらここで神子《みこ》さまの吐息《といき》が入《はい》るのに。今日はそれがないわ。どうしてかしら？」

シヨノが言ってセイイチロウを見た。セイイチロウはその話に、答え言った。

「疲れているのだろう。もういいからオレに構《かま》わないでくれ。メシがマズくなる」

そう言ってセイイチロウは、味噌汁《みそしる》を軽く、すすった。野菜の旨《うま》み成分《せいぶん》が出汁《だし》にちょうどよく調和して、頬《ほお》ばる大きめの具材が口《くち》の中《なか》でやわらかな存在をアピールする。そして出汁《だし》の香り立つ汁を、一口《ひとくち》すすり、それらを飲み込んだ。そしてシヨノに、尋ね言った。

「腑に落ちない顔をして。まだ何か、言いたそうだな」

そう言ってセイイチロウは白《しろ》メシを口《くち》に入《い》れた。味噌汁を一口《ひとくち》すすり、口《くち》の中《なか》で混ざり合うネコマンマの味《あじ》を飲み込んだ。そして、葉物野菜の和《あ》え物《もの》を口《くち》に入れた。そこに神社の女のシヨノが思い、セイイチロウに尋ねた。

「以前《まえ》に？　三年《さんねん》ほど前《まえ》に、神社で貴男《あなた》の噂を聴いたわ。貴男《あなた》と神子《みこ》さまは特別だという話を。それで、まさかとは思うけれど？　でもそんな。だけど？　ええい、この際《さい》だからハッキリと聞かせてもらうわッ。ツガワセイイチロウ。貴男《あなた》、神子《みこ》さまの布団《ふとん》に潜《もぐ》り込《こ》んで寝てたわよね。そうよね。どうなのよッ」

言って般若《はんにゃ》の形相で見つめた。セイイチロウは驚き、それを見て。口に残る食べ物を喉の奥に飲み込み、話を思った。布団に潜り込み寝てた。そして、その疑問に己の習慣を思い、言った。

「オレは添《そ》い寝《ね》をしていた、だけだ。下に双子《ふたご》の兄弟《きょうだい》がいるからな。ガキの頃から双子《ふたご》の世話をしていて、疲れてはよく添い寝をしていた。その頃の習慣がまだ抜けきれていない。単にそれが理由だ。もう放《ほう》っといてくれよ」

言ってセイイチロウは思った。女性の考えは理解できない。母といいショノといい、突然のようにして何の話を聞かせられるのか、分からないからだった。そう思うセイイチロウにショノが真剣な顔で見つめ迫り、針を差すようにして尋ねた。

「神子《みこ》さまに変なことをしていないでしょうねぇ。触手《しょくしゅ》を伸ばし神子さまに変なことをしていたら只《ただ》じゃおかないわよ。ツガワセイイチロウ」

気迫をむきだし言った。セイイチロウは心外《しんがい》になり、言い返した。

「どういう意味だよ。ズバリ言えよ。気持ちの悪い」

そう言いながら、(化粧気ゼロ)、素顔女の肩を押した。セイイチロウは疲れを感じた。そんなセイイチロウにショノが露骨に言った。

「ほらまたそうやってぇ。避けるじゃない、女《おんな》を。だから考えてしまうのよ。本当の心は男性《だんせい》を求める愛好家なのかなッて。神社でツガワセイイチロウといえば神子《みこ》さまは席《せき》を立《た》たれて、逢いに向かわれる。そこに、噂で耳にした特別な間柄《あいだがら》のような話に不安《ふあん》を持《も》ったわ。だから神社のマサヤさんにその話を確かめたのよ。塾では貴男《あなた》のパートナーを務めるマサヤさんだったら話をしてくれると思って。だけど軽く誤魔化《ごまか》されたわ。『詳《くわ》しい話は知らないから』そう、おっしゃられて。それ以来はなぜか宮司さまにベッタリご執心《しゅうしん》なのよ」

シヨノは数日前の、電話番を申《もう》し出《で》られたマサヤを思い、さらに確信をして続き言った。

「マサヤさんは神社の息子さんだから。それで黙認を続けてきたのだけれど。今朝の寝床《ねどこ》のアレだけは許せないわッ。それで、どうなのよ。神子《みこ》さまに対して礼儀《れいぎ》はあるの。そこに感情がなかったといえるの。もう、ツガワセイイチロウ。本当のことを言いなさいッ」

畳に押し倒して、見つめた。セイイチロウは目に映る憎しみと怒りの形相を見た。そして女の嫉妬心にようやく気づいた。ハヤミの側《そば》に居れば逆恨《さかうら》みを買い、憎まれて厄介ごとに巻き込まれる。アズミタカシのときも同じ理由だった。それらは男女の区別を問わないらしい。そう思いセイイチロウは、目の前に迫り来る顔のシヨノを拒否した。五歳年上の女が口元《くちもと》を近づけたからだ。そこにシヨノが言った。

「なによ。自覚はあるようじゃない。気にして損をしたわ」

首を振り、離れた。セイイチロウは、シヨノにからかわれたと気づいた。そして強く罵《ののし》り言った。

「くそっ。生娘《きむすめ》に言われたくないセリフだ」

立ち上がり寝間着の襟を正した。セイイチロウはすでに食事など、喉を通らない。

「気分を害《がい》した。下げてくれ」

セイイチロウは、そう言った。シヨノが改めるようにして畳に両手を添えて、言った。

「お粗末《そまつ》さまでした」

頭を下げたのだ。セイイチロウは首を振り思った。シヨノの行動は、今朝《けさ》から変だった。『据え膳食わぬは男の恥』そう言って食事を勧めた女だ。それを思うセイイチロウは、試された気分だったからだ。オレが、悪いのだろうか？　そんな疑問を抱えて、セイイチロウはハヤミの勉強部屋に、足を進めた。

そして二階の勉強部屋で、和風の机に向かったハヤミの背中を見た。セイイチロウは下《さ》がり柱《はしら》に背中を預けて、ハヤミの様子を見つめながら共《とも》に過《す》ごした出来事などを考えて、まじめに思った。ハヤミは何を考えているのだろう？　神子《みこ》としてのハヤミ。大学生としてのハヤミ。そして己《おのれ》の趣味に没頭をするハヤミの白い背中を見た。一瞬《いっしゅん》ほどそれは弟《おとうと》たちの背中と重なり見えた。気がして、思った。ハルとノブは高校受験という目標がある。その二人《ふたり》と、のんびり屋で勝手気ままな独《ひと》りっ子《こ》のハヤミを同じに見てしまうとは。セイイチロウはまるで、弟がもう一人《ひとり》いるような気分になる。そして和机のハヤミを見た。紙の摩擦音がした。ハヤミの腕が放り上げた紙が空気中を舞い下りた。それが、部屋が散らかる原因だったのだ。セイイチロウは足を進めた。ハヤミの肩を引き、声を掛け、言った。

「おい。これは、どういうことだ」

そしてハヤミの目を床に向けて、セイイチロウは続き言った。

「説明をしろッ。ハヤミ。恥ずかしくないのか。オレに見られて。少しは片づけろよッ」

言ってハヤミを見た。ハヤミは息を吐いた。そして首を振り、答えた。

「オレに八《や》ツ当《あ》たりをしないでほしい。めんどくさいから」

そう言って机の疑問ノートに目を向けて、続きを書き留め始めた。セイイチロウは腰を落とした。そして思った。ハヤミは、こういう奴だ。周りがまったく見えていない。セイイチロウはそう思い、ハヤミに腕を回して背中に尋ねた。

「なぁハヤミ。オレは変《へん》なのだろうか。神社のショノさんて、少し変《か》わっている。また遊ばれてしまったよ」

　答えの見えないグチをこぼし、ハヤミを抱きしめた。そこにハヤミが言った。

「おい。じゃれ合うなら壁の抱《だ》き枕《まくら》を相手にしてくれ。そこに、あるから」

　頭を抱え、ぼやいた。ハヤミがペン先《さき》で示《しめ》した。延長線上《えんちょうせんじょう》の壁ぎわに、ちぐはぐな感じがする白い大きなヌイグルミがあった。セイイチロウが手に持ってみたところ、海の動物を捩《もじ》って作られた白《しろ》いゴマフアザラシのヌイグルミのようだ。しかし何故ここに？　そんな疑問を抱えて、ハヤミに尋ねてみた。

「自分で買ったのか？　これを」

　そう言って、ヌイグルミをハヤミに合わせてみた。大きさもちょうどよく、大学生のハヤミの上半身にピッタリとくるサイズの抱《だ》き枕だった。そこにハヤミが呆《あき》れたようにして、呟き、話した。

「白《しろ》いカラスが世話になった動物病院の、獣医がその昔に、うちの山小屋に置き忘れていったものを、オレが持ち帰った。それをマキさんが洗って綺麗《きれい》に手入れをしてくれたから、今もそこにある。だからセイイチロウ、お前の行動はごく自然で、獣医の先生のように当《あ》たり前《まえ》のように思えてくる。それで？　他《ほか》に何が知りたい。他にも何かあるのか？」

　そう言ってセイイチロウを見た。そして思った。なぜ寝間着のままなのだろう？　そして肌寒《はだざむ》く感じて、庭に置きっぱなしにしたセーターを思い出した。そして声を掛け、言った。

「セイイチロウ、下に行こう。シャツ一枚《いちまい》ではやはり寒いし？　お前もいつまでも寝間着の姿ではいられないだろう？　困っているのならオレの服を貸してやるし。だから着替えてくれよ？　まるで病人《びょうにん》のように見えるから」

言ってハヤミは一階の納戸に向けて、足を進めた。セイイチロウはヌイグルミを床に置き、ハヤミを追いかけた。


そしてハヤミの行動を見て、奥座敷の襖《ふすま》から漏れる照明の下《もと》を眺き込んだ。そこに木目調《もくめちょう》の収納家具がズラリと並んで見えた。奥につれて時代を遡《さかのぼ》るように、古き和箪笥《わだんす》やら長櫃《ながびつ》のでかいものにツヅラなどの、歴史を感じさせるものが並び、三百五十年は続く佇《たたず》まいな、閑静《かんせい》を醸《かも》し出《だ》していた。そしてハヤミに声を掛けようとしてセイイチロウは見た。和服の姿をした五歳か六歳くらいの頬笑む子供を見て、寒気を覚えた。首を振り襖を出た。そして思った。三百五十年は続くハヤミ家《け》だ。幽霊の一人や二人は取り憑いているだろう。ハヤミの声がした。

「シャツとズボンはこれでいいかな？　どうした？　怯えた顔をして」

言ってハヤミはセイイチロウが指を差す背後《はいご》を見た。しかしそれは幼い頃から見慣れていて、どうでもいい感じに思えた。ハヤミは息をつき説明を謎《なぞ》なぞ式《しき》にして、言った。

「この奥座敷に住む霊は、さて何でしょう。座敷に住む霊？　それは座敷霊になるので？　答えは座敷《ざしき》童子《わらし》でした。はい、セイイチロウ」

言って、洋服を持たせた。そしてセーターの袖に腕を通して頭から被り、正しく着用をした。そこでハヤミはセイイチロウの困り顔で考える様子を見て、思った。霊が視えるセイイチロウはこの家《いえ》に泊《と》まりに来《く》るたびに気苦労《きぐろう》を重ねている。それはセイイチロウがもっとも得意とする妖術使いに関係があるのだろう。それはセイイチロウの性《さが》のようなもので、ハヤミはそう思いながら、着替えを促《うなが》し言った。

「とにかく服を着替えてくれ。手伝ってやるから」

和服の寝間着を解いた。そこにセイイチロウが声を上げた。

「喜ぶな。バカっ」

セイイチロウは、着痩《きや》せを気にする変な性格をしていた。そんなセイイチロウが肌を隠すように着替えを済ませて。ハヤミに尋ね、言った。

「オレはどうやらこの家《いえ》に、好《す》かれていないようだ。オレは早々に退散をする。代わりに昨日、オレが着ていた洋服《ふく》を探しておいてくれ。じゃなハヤミ。寺《てら》で待《ま》っ……」

服を、引っ張るものがいた。ハヤミは首を振り、両手を上げながら否定をした。セイイチロウはそこに見た。和服姿の小さな子供が笑って、セイイチロウの服を引っ張り上げた。もの凄《すご》い力《ちから》で身体が持って行かれた。そこにハヤミが軽《かろ》やかに声を上げた。

「ほどほどにねぇ」

言って、懐《なつ》かしく思えた。そして寝間着を拾い、幼い頃によく遊んだ座敷童子を思った。それは家《いえ》の中《なか》で、かくれんぼうをしたり襖を挟んで顔を出したり引っ込めたりして、いたから。そんな何でもない遊びの最中《さなか》で、大人《おとな》たちの声を耳にした。『独《ひと》り遊《あそ》びがお好きなご様子で……』。その当時はまだ幼くて理解ができなかった。そして人間《ひと》を指差しては死ぬと平気でお祖母《ばあ》さまに告げ口《ぐち》をしていた。それがある日《ひ》を境《さかい》にして、ものすごく静《しず》かな気分になれた。それは寺で、胸の護符《おまもり》をもらった小学三年生の冬あたりから、だったと思う。そして視ているものが他《ほか》の人間《ひと》には見えていない。何となく子供心に理解をした。そんな孤独な息苦しさのなかを家政婦のマキさんが話を聞いてくれた。『内納です。若君さま』そう言って頬笑んでくれた。マキさんはハヤミと同じ視える人間《ひと》だった。そしてツガワセイイチロウも、そんな視える人間《ひと》だった。ハヤミは家《いえ》の茶の間で、今《いま》を疲れきった様子のセイイチロウに声を掛けて、言った。

「なくしたものは、見つかった？」

そこにセイイチロウが、投げやりな感情を露わにして答え、告げた。

「ああ、踏んだり蹴ったりだッ。くそっ。神社《じんじゃ》のあの女性《おんな》……。オレの洋服《ふく》を洗濯していやがった。それも断りもなく勝手にだぞッ。怒らずにいられるかッてんだ」

言って、疲れた息を吐いた。そして続き、ハヤミに答え言った。

「悪い。まだ気持ちの整理がつかない。この家《いえ》に来るたびに色んなことが起こる。オレは寺に帰るよ。どうやら昨夜の、お前と一緒に入った風呂が、誤算だったようだ。つまりだ。洋服《ふく》の見分けが付かなかったらしい。オレの靴下《くつした》やお前の下着が、どっちがそうなのか分からずに、やむなく全部を洗濯機で回した。神社の女の正当な理由だ。洋服《ふく》を脱いだときに、きちんと分けておけばよかった。それが間違いの原因だったようだ」

そう言ってセイイチロウは玄関に足を向けた。そこにハヤミが声を上げた。

「オレも行く。少しだけ、時間をオレにくれ。少しだぞ？」

だし抜《ぬ》けにハヤミがそう言って、中廊下《なかろうか》の奥に消えた。セイイチロウは思った。神社の二人に話でもあるのだろう。他人《ひと》の世話になるということは、別の意味でとても気を使うものだったからだ。疲れた……。柱に寄り掛かりながら、セイイチロウは空腹を感じて、思った。

今朝は食事を抜いたのも同然だったからなぁ。寺に戻ったら何か食《く》おう。腹へった……。そう思うセイイチロウの目の前に、座敷童子がいた。その童子《わらし》が意思を伝え言った。

『また遊ぼうね？　お兄ちゃん』

そう意思を伝え笑い声を弾ませながら、感じる足音と共に気配が、茶の間を区切るカーテンの奥に離れて行った。セイイチロウは思った。その仕切りカーテンの奥に、ハヤミ家《け》の神棚があり、そこに並ぶ六つの箱宮《はこみや》に、ハヤミ家《け》の原点として（寺でも）伝えられてきた十二名の侍が、奉《たてまつ》られている。そしてその神棚の奥に位置する場所が、あの和箪笥《わだんす》などが並ぶ、納戸になるのだった。すっかり住みついているようだ。そう思うセイイチロウは、七歳《ななさい》を前にして幽霊となった子供が、あんな馬鹿力《ばかぢから》を出すとは、やはり、もてあそばれたとしか思えなかったのだ。そこにハヤミの声がした。

「どうした？　何をそんなに悩んでいる？」

言いながらハヤミの目が間近にして、セイイチロウを視つめた。セイイチロウは素直に吸い込まれた。真《ま》っ白《しろ》な空間だけが広がっていた。遠くで神社の女の声がした。セイイチロウは首を振った。思考が曖《あい》昧《まい》すぎて、息をついた。そこにハヤミの声がした。

「行こう、セイイチロウ。サンドイッチがあるから。寺の境内で、食べようね？」

そう言って無邪気な笑みを見せた。セイイチロウはまだ自覚《じかく》が朧《おぼろ》げで、ハヤミを見て、ハヤミの話を思い起こしながら、ここに来た理由を考えた。そして空腹に気づいた。セイイチロウはハヤミが差し出すサンドイッチ入《い》りの紙袋を受け取り、玄関に向けて足を進めた。そして庭の温かい風を肌に感じて、セイイチロウは目覚《めざ》めた。

「よし、行くか」

言って気合いを入れた。そこにハヤミが自転車を押して現われたので、肩を並べてハヤミ家《け》の庭を歩いた。西門の車庫に停めた自転車を引き出して、セイイチロウはハヤミと二人《ふたり》で町の中央に向けて出発をした。

そしてセイイチロウは町の中央から細道に入り、足を止めた。その背後をハヤミが自転車を下りて、押しながら側《そば》に来た。そして寺に続く林の登り坂を、自転車を押して歩きながらセイイチロウは側のハヤミに話しかけた。それは昨年の秋祭りで起きた出来事の再確認をするためだった。ハヤミはその話に首を振った。何も覚えていない、それがハヤミの答えだった。セイイチロウは話題を変えた。それは二月の最初の日曜の夕刻に、寺でした話の続きだった。それを思い出しながらセイイチロウはハヤミに話し、言った。

「寺でした町の四方結界《しほうけっかい》の話が、どうやら本格的になりそうだ。寺の親父がハヤミの親父さん（ナオマサ）に電話を掛けて話をした。その時の返事はこうだった。昨年の十月から数えて半年後、今年の四月に注意をしろ。その話を聴いて疑問に思った。なぜ昨年の十月なのか。なぜ半年後の四月なのか。そこで昨年の秋祭りを思い出した。時期的に間違ってはいないし。十月を中心とした三ヶ月の祭りを通称《つうしょう》秋祭りと呼んでいる。そしてもう一《ひと》つの疑問は昨日《きのう》のお前の話を聴いていて気付いた。あれは神子《みこ》としての先見の助言だった。オレはそう解釈をした。その話が今日《きょう》の集《あつま》りで、出るだろう。いや、むしろ寺の親父は守《まも》り手《て》として町を大事《だいじ》にして考えているから、気にするような話にはならないと思うけれど。一応はな、頭に入れておいてくれ。なにしろあの、アズミタカシを交《まじ》えての話し合いになるからな。ハヤミ家《け》初代の、原点からの話になるだろう。だからそのときは無理をしなくていいからな？　ハヤミ」

セイイチロウはそう尋ねた。ハヤミはその話を聴いて、頷《うなず》きながら答え言った。

「ウン、そうするよ？」

そして首を振った。セイイチロウはそれを見て、少し後悔をした。すべては北《きた》の玄武《げんぶ》の存在があったからだ。その神獣の力《ちから》を感じるセイイチロウは町の結界の話を受け入れるしかなかった。アズミタカシやオキノケイスケも同じ理由で今日《きょう》は来るだろう。付き纏う神獣を追い払う方法は目的を果たすこと。それが答えだったからだ。そう思うセイイチロウは辿り着いた寺の境内に、自転車を停めた。そしてセイイチロウは紙袋を持ち、ハヤミに声を掛け言った。

「しかしよくもまぁ用意できたな？　サンドイッチなんか。梅の花見でもするか？」

そこにハヤミが笑《え》んで、答え言った。

「うん。旧正月《きゅうしょうがつ》の時期だし。ちょうどいいかな。ご本堂《ほんどう》の階段でやろうよ、梅の花見を。行こう」

そう言ってセイイチロウの手を引いた。セイイチロウはハヤミの笑顔に嬉しくて、素直に走った。ころは二月の中旬に入り、梅の花が咲きほこっていた。そんな早春の梅の花を目にして、高床式本堂の木目の階段で、二人は腰を下ろした。

寺の境内を彩《いろど》る紅《あか》と白《しろ》の小さな梅の花たちを前に見て、そよぐ風に乗り微かに鼻をつく高貴な梅の香りが、冬の終わりを告げる。

そしてセイイチロウは紙袋から取りだし広げた。賄《まかな》いふうのぎこちないサンドイッチを手に取り、いち早く齧《かじ》り付いた。豚《ぶた》のミルフィーユ風《ふう》カツサンドのようだ。その味を噛みしめて、ハヤミに声を掛けた。

「これを作ったのは、神社の二人なのか？」

そう言ってカツサンドの味を飲み込んだ。ハヤミは立ち上がり、軽い口調で答えた。

「まぁね。オレが無理矢理に頼んだ。三人分《さんにんぶん》ほど作ってほしい、ってね」

そう言って。ハヤミは白梅《しらうめ》の枝を引き寄せて、花の香りを嗅いだ。でもそれは花粉の香りと甘い蜜の匂いがして。ハヤミが記憶する白梅香《はくばいこう》の匂いとは別のものだった。

セイイチロウは困り顔をして、ハヤミに声を掛けた。

「少し待ってろよ？　火《ひ》を持ってくるから」

言って、本堂の中《なか》に入った。そして釈迦立像に向かい、手を合わせて、一礼《いちれい》をしたのちに、火を起こす点火器《てんかき》を拝借した。そして先程のハヤミが気にした白梅《しらうめ》の根元あたりに、落ちていた小枝を数本ほど拾い上げた。そこに火《ひ》を起こして小枝を炙《あぶ》り始めた。火が移《うつ》り点《つ》いたところを軽く焼いてから風《かぜ》に扇《あお》ぎ、消《け》した。一筋の煙が登る小枝を見て、セイイチロウは手招きをした。ハヤミにそれを手渡し言った。

「お前の探しものは、それだ。匂いを嗅いでみろよ。お前が求める香りに近いハズだから」

そう言って、本堂に戻り、点火器をもとの場所に置いた。そして釈迦立像に向かい手を合わせて、一礼をした。そして思った。今年《ことし》の四月《しがつ》に注意をしろ。そう言われてもなぁ。お釈迦《しゃか》さまの花祭《はなまつ》りがあるし。

それは四月八日《しがつようか》の寺の行事の一《ひと》つで、町の皆《みな》や保育園に通う幼《おさな》い子《こ》たちが楽しみにしている、お釈迦さまの誕生祭だった。それを今年《ことし》はなし、なんて行事掲示板に紙の知らせを貼るワケにもいかないし。そう思うセイイチロウは手を合わせて、釈迦立像に向かい強く願った。町の皆を見守《みまも》りください。そして深い一礼をした。強い願いは叶う。そんな願掛《がんか》けの思いがあったからだ。そしてセイイチロウは足を返し進めて、サンドイッチの側《そば》に腰を下ろした。

そこにハヤミが腑に落ちない顔をして、食事中のセイイチロウに尋ねて言った。

「お前がやってくれたように木《き》を燃《も》やせば香《かお》りがする。それは正《ただ》しいと思うけれど。母の白無垢《しろむく》姿の写真から香《かお》る白梅香《はくばいこう》の匂いは、まだ他《ほか》に何か、足《た》りない気がしてくる」

それはハヤミが幼《おさな》い頃に感じた、お祖母《ばあ》さまから教えてもらったお線香《せんこう》の白梅香《はくばいこう》の匂《にお》いともまた違った疑問の表れだった。そしてハヤミは赤子《あかご》の頃に経験をした記憶を思い出して、それをセイイチロウに尋ね、言った。

「一《ひと》つだけ、訂正《ていせい》をさせてほしい。白梅香《はくばいこう》を母の香りだとオレは、勘違《かんちが》いをしていた。それに、むしろすでに他界をしている母の香りが写真に残っているハズもなかった。あれは父さんの香りだった。父さんは母の写真を、いつも側《そば》に置いて持ち歩いていたのだろう。職業上の理由で、家に戻ってくることがない父さんだから。それに、なれそめの話が本当だとすれば、そこで筋《すじ》が通《とお》ることになる。それでもオレは白《しろ》い梅《うめ》の花《はな》を見れば母の写真を思い出すし、匂いを嗅いでは写真の香りを思い比《くら》べて、違いの謎を考えてしまう。そんなオレは変《へん》なのだろうか？　セイイチロウ」

尋ねて見た。セイイチロウはその話に、困《こま》り、手に残るサンドイッチを口《くち》に入れた。続き水筒《すいとう》の緑茶で送り込み、息を吐いた。そしてハヤミに答え言った。

「お前は幼少《ガキ》の頃から変《へん》だった。小学生の頃だよな？　山《やま》で一夜《いちや》をケイスケと不安に明かしたあのときも、そうだ。『山の動物が食べものを分けてくれた』お前からそう聴かされた瞬間《とき》に、オレは見えない壁を感じた。それでもお前はよく喋《しゃべ》るし、よく笑《わら》うし、泣《な》いては強くなりたい、そうグチをこぼした。そんなお前を放っておけない。オレはそう感じるようになった。そして通う大学《だいがく》の授業の一《ひと》つで、お香《こう》の話を聴いた」

一息を吐き、セイイチロウは続き言った。

「それを切っ掛けのようにしてオレも色々な専門書をあたり、調べてみた。そして香水《こうすい》というものに辿り着いた。そもそも香《かお》りというものは、お清《きよ》めの意味があるんだよ。寺でお焼香《しょうこう》をしたり、教会《きょうかい》でお香《こう》を焚《た》いたり、家の仏壇《ぶつだん》や墓参《はかまい》りなどで線香《せんこう》を供《そな》えたりして。それらすべてに共通をしているものが、お清めとして香《こう》を焚《た》き、場《ば》を整える。そういう意味がある。そしてお前が気にしていた母親の写真に残る香《かお》りについて、先《さき》に結論としていうならば、誰か他《ほか》の人間《ひと》の手《て》により白梅《しらうめ》の香水《こうすい》を付《つ》けて、まだ幼《おさな》かったお前に持たせていた。その可能性にまでは辿り着いていた。それをまさかお前の口《くち》から親父《おやじ》さんの可能性を聴かされるとは、思わなかったよ?」

言ってハヤミを見た。ハヤミはその話に、ついて、答え言った。

「なるほどねぇ。香水とは、よく分かったよ」

言ってサンドイッチを食《しょく》した。ハヤミが楽しそうにするので、セイイチロウは釣《つ》られてサンドイッチを手にして、口《くち》に運んだ。二月の風《かぜ》がそよぎ、白梅《しらうめ》の高貴な香りが仄《ほの》かに漂っていた。

そんな梅《うめ》の花見《はなみ》をしながら食事を続けて、ハヤミと二人で食べるにしても量が多すぎる、そう思い始めたころだった。本堂の下を自転車がすべり込み、停めたオキノケイスケが悔《くや》しそうに見て、グチリ、声を上げた。

「なんだよ二人《ふたり》して、仲良くダベリの最中《さいちゅう》かよッ」

そう言いながら靴《くつ》を脱《ぬ》いだ。木目《もくめ》のステップを登り来て、見るが早くサンドイッチに手を伸ばして、それを持《も》ち、腰を下ろした。そして、疑問の顔色で尋ねてきた。

「それで？　ここで何をしているんだよ？」

言いながらサンドイッチに、かぶりついた。そこにハヤミが軽い調子で笑《え》んで、答え言った。

「梅の花見だよ。なぁ、セイイチロウ？」

そう話を振ってきた。セイイチロウはそんなハヤミに相槌《あいづち》をうつようにして、オキノに答え言った。

「まぁな。今日はたまたま、こうなったワケだ。変に勘《かん》ぐられては困るぞ？　オキノケイスケ」

そう言って西《にし》のオキノを見た。オキノケイスケは、気のない返事をして続き言った。

「オレなんかさ？　一晩中《ひとばんじゅう》寝苦《ねぐる》しくて。今朝《けさ》は何も手に付かなくて。それで一足《ひとあし》も早く寺に着いたと思えば二人で仲良く梅《うめ》の花見《はなみ》かよ？　そうと知っていれば家《いえ》で気《き》をもむ必要もなかったぞ？　お二人《ふたり》さん」

言って二人の顔を見た。そして続きを言った。

「まぁいいさ。こうして三人揃《そろ》ったワケだし。ここはひとつ町の小学校を卒業した者同士、手合わせを願おうか？」

腰を起こし、二人を見た。ハヤミは側《そば》のセイイチロウを見た。セイイチロウは困り顔をして、ハヤミに息を吐いた。そして西のオキノケイスケを見て、素直に尋ね言った。

「北の寺に着《こ》いた早々を何を言いだすのかと思えば。それで？　何の手合わせを望む？　サル山の大将、オキノケイスケどの？」

そう、からかい言った。オキノケイスケは寺の息子に反発をして、言い放った。

「言うじゃないかよッ。ハヤミの犬《いぬ》がッ。デカい顔《ツラ》してんのも今のうちだぞッ。この番犬がッ」

力《りき》み言った。セイイチロウはそんなオキノケイスケを見て、思い出して言った。

「そういや今年《ことし》はサル年《どし》だったな。どうりで正月明《しょうがつあ》けから騒《さわ》がしいワケだな？　オキノケイスケ君《くん》？」

そこにケイスケが、わめいた。

「うるさいッ。十二支《じゅうにし》の干支《えと》は関係ないだろう。お前の、人間《ひと》を小《こ》バカにしたような。その態度《たいど》が、オレは大っ嫌いなんだよッ。今すぐ、その性格《せいかく》を何とかしろよッ。木刀《ぼくとう》で、勝負だッ。ツガワセイイチロウ！」

そう、ごねた。セイイチロウは立ち上がり、合意《ごうい》をして答え言った。

「おもいっきり泣《な》かせてやる。少し待ってろよ？　オキノケイスケ」

釘を刺すように見つめ、本堂の中《なか》に消えた。オキノケイスケはツガワの態度に首を振り。ハヤミにそれを尋ねた。

「なぁハヤミ？　あいつは何故、あんなに自尊心《プライド》が高いんだ？　オレを見下《みくだ》しているぞ」

言って、ハヤミの困り顔を見た。ケイスケはサンドイッチを手に取り、武者震いをして齧《かじ》りついた。昨夜から気が立っていたので、オキノケイスケは胸の詰まりを、緑茶で飲み込んだ。そしてスッキリとしたところで、無造作に差し出された木刀《ぼくとう》を受け取り、本堂の階段を下りて靴《くつ》を履《は》いた。

そして切れ長の目のツガワセイイチロウを前にして、いざ勝負と見つめ構《かま》えた。

木刀《ぼくとう》での本気の勝負。それは意地の張り合いを含めた、男の戦《いく》さ場《ば》だった。

そんな木刀《ぼくとう》を打ち込み、受けに止められた震動がケイスケの両《りょう》の手《て》を痺《しび》れさせる。ツガワセイイチロウが言った。

「手を引け。お前ではオレに勝てない」

その声にケイスケは奥歯をかみ、力《ちから》を込めて言い返した。

「見くびるなよ、テメェ……」

高ぶる全身の力《ちから》を木刀《ぼくとう》に込めて、ツガワを弾き飛ばした。ケイスケは言った。

「本気で掛かって来い。相手をしてやる」

そして身構え、地《ち》のツガワを見つめた。そんなオキノケイスケが握りしめる木刀《ぼくとう》の妖気《ようき》に、ツガワセイイチロウは着目をして、北の玄武《げんぶ》に向けて心で強く尋ね言った。

『おい。あの妖気《ようき》は何だ。説明をしろ』

そこに気配が集まり、守り手のセイイチロウに答え、意思を強く告げた。

『こざかしい奴《やつ》よ。我《われ》の領域内での勝手は許さぬ。力を貸そう。未熟な守り手よ』

意思を伝えて、セイイチロウの手に玄武の気配を持つ一枚のお札《ふだ》が現れた。オキノケイスケが握る木《ぼく》刀《とう》の妖気を見て、セイイチロウはお札《ふだ》の力《ちから》を手の木刀《ぼくとう》に移し込めた。そして同調を示す木刀《ぼくとう》を、セイイチロウはオキノに打ち込んだ。直感をして、セイイチロウは言った。

「手を引け白虎《びゃっこ》。ここは玄武《げんぶ》の地《ち》ぞ。域を侵すなッ」

木刀《ぼくとう》を押し、横に払った。ケイスケの脚力《きゃくりょく》が先に動き、体勢を整えて言った。

「頭《あたま》の硬《かた》さは同じのようだな。寺の息子、ツガワセイイチロウ！」

そう叫び、木刀《ぼくとう》を打ち込んだ。セイイチロウは木刀《ぼくとう》がずっしりと重く、オキノケイスケの脚力《きゃくりょく》と身軽な動きに外《はず》された。それはまるでネコ科の動物を相手にしているような、錯覚を起こす気分になる。そんな目《め》の雲《くも》りかげんに、セイイチロウは身体の疲れを感じた。異常な体力の消耗に気づいた。何かが、おかしい。そう思った直後だった。ケイスケが驚きな声を上げた。絡《から》みつく赤い炎を相手にして木刀《ぼくとう》を振り、右往左往を始めた。セイイチロウの目の前に現れた炎を見て、三年前の夏の光景を思い出した。

アズミタカシを探した。

炎を操るアズミタカシは本堂の木目階段にいた。それも三年前と同じようにして、笑みを浮かべるハヤミの側に居たのだ。セイイチロウはそんなハヤミを取っ捕まえて、訴えた。

「どういうつもりだ、ハヤミっ。オレがさんざん苦労をしてるってのに。何故お前は笑っていられるんだよッ」

言って座り込んだ。信じられない思いに、首を振った。ハヤミはアズミを見て、セイイチロウを覗き込むようにして尋ね言った。

「大丈夫か？　お前、やはり神獣に少し精神力《せいしんりょく》を喰われたのか？　一応はな？　アズミタカシに止めてもらったけれど。やはり少しは喰われたのか？　精神力《せいしんりょく》を」

ハヤミは困り顔をした。そこに神社の塾長先生の声がした。

「ユキの言うとおりだぞ。ツガワセイイチロウ?」

そう言って現れた。その背後から困り顔をした寺の親父が歩み来て、セイイチロウに告げた。

「精神修行もせずに無茶をしよる。よってお前には滝行をして、身を清めてもらう。立てるか? セイイチロウ」

そう尋ねられて。セイイチロウは父の肩を借りて、立ち上がったのだ。セイイチロウが感じた体力の異常な消耗は、北の神獣から借りた力《ちから》を使った、その反動《はんどう》のようだった。そこに塾長先生の声がした。

「ユキさま? 木刀《ぼくとう》のお清《きよ》めを、お願いできますか? 手が放せないので。すみません」

そう言ってオキノケイスケを支えながら、寺の裏山に歩いて行った。そこに寺の親父がセイイチロウに言った。

「ワシらも行《ゆ》くとしよう。お前たちのほうが少し厄介《やっかい》なのでな?」

そんな父の話が理解できるセイイチロウは、寺の裏山にある冷たい滝の水に、身体をさらすハメになったのだ。ハックシュン。そんなセイイチロウが風邪《かぜ》を気にする頃、本堂ではハヤミがアズミタカシに指示《しじ》を出していた。

「裏《うら》の林《はやし》を一本道《いっぽんみち》だから。頼んだよ?」

ハヤミはそう言って、アズミタカシに着替《きが》えの洋服《ふく》とタオルを持たせて見送った。炎を操れるアズミタカシが本気を出せば? 大丈夫だろう。そんな軽い気持ちからだった。そして残された二本《にほん》の木刀《ぼくとう》を前に見て、ハヤミは困った。どうやって清《きよ》めればいいのか？　寺の奥方さんに渡された塩《しお》を、振りかけていいものかどうか。妖気《ようき》を放《はな》つ木刀《ぼくとう》を前にしてハヤミは迷っていた。そこに龍の気配がして、意思を伝え言った。

『我《われ》が浄化をしてやろう』

そう言って二月《にがつ》の空《そら》を龍《りゅう》が登《のぼ》って行った。それを眺めるハヤミの、そこに、しずくが落ちた。そしてのちをして雨粒が、まとめて降ってくるから驚くぞ。だけどその雨は、二本《にほん》の木刀《ぼくとう》の上にだけ降っていて、とても不思議な感じがしていた。奥方さんの声がした。

「あらあらまぁ珍《めずら》しいことに、ほまち雨《あめ》なのかしら？　まるで水滴《すいてき》の柱のように見えて、美しいですね？　緑茶が入りましたので、どうぞこちらに。ハヤミの若君さま」

そう言って笑んでくれた。ハヤミは嬉しくて、本堂の木目ステップに腰を下ろした。そして一礼《いちれい》をして、温《あたた》かな緑香《みどりかお》るお茶を一口《ひとくち》、含《ふく》み？　味の違いに気づいて湯飲《ゆの》みを戻した。奥方が声を掛けてきた。

「やはり？　お気《き》づきになられました？」

楽しそうに言って、本堂に向け声を上げた。

「いらっしゃいな。バレたみたいだから」

そう言う奥方の手招きで、黒髪の女性が淑《しと》やかに現れ来て、ハヤミに一礼をした。そこに奥方さんが説明をしてくれた。ハヤミが飲んだ緑茶は、その黒髪の女性が入れたもので、名前をアイハラツグミといった。ツガワセイイチロウが連《つ》れてきた女性で、奥方さんがお見知《みし》りおきくださいと付《つ》け加《くわ》えて、席を離れて行った。つまりそれは、客《きゃく》にお茶《ちゃ》を入れてセイイチロウの親《した》しい者《もの》としての女性を、紹介されたのだ。田舎町《いなかまち》ではよくあることだった。水滴《すいてき》の柱《はしら》が消えて、ハヤミは腰を上げた。

雨水により、洗い流された木刀《ぼくとう》の様子を見て、清められたことを確認した。それを手にして、二本《にほん》の木刀《ぼくとう》を本堂の上《あ》がり口《ぐち》になる柱《はしら》に、立て掛けるようにして置いた。あとは裏山の滝に行った大人二人《ふたり》とあの三人《さんにん》が、本堂に戻《こちら》ってくれば話し合いが始まるだろう。そう思うハヤミは本堂の中《なか》で五人《ごにん》を待つことにした。そこに黒髪の女性が尋ねてきた。

「あのう。もしかして覚えていないの？　あたしのことを？」

残念そうな顔で言った。ハヤミは己《おのれ》の記憶を思い？　黒髪の女性を少し、感覚として視た。それは他《ひ》人《と》の人生を現在、未来と無断で、勝手にページを捲るようなもので。そのためハヤミは人間《ひと》の顔を見ない。テレビに映る人間《ひと》の顔を憶《おぼ》えられずに。名前すら知らないことが多かったのだ。

「茶髪のアイハラツグミ？」

ハヤミはそう呟いた。それは茶髪というキーワードで頭にインプットをしていた記憶だった。確認のために尋ねてみたところ、黒髪の女性から笑みがあふれた。ハヤミにとってそれは、三年前の寺の預り子という状況から、何も変わらないように思えた。ハヤミは寺の本堂の中《なか》に足を進めて釈迦立像に向かい、手を合わせ、一礼《いちれい》をした。挨拶を済ませたのちに、フローリングの床に腰を下ろした。そこに黒髪のアイハラツグミが側に来て座り、ハヤミに声を掛けて、言った。

「もう、あいも変わらず避《さ》けるのね？　あのあと、静岡から戻ったあとに、どうなったのか、知りたくはないの？　ご両親の写真のことよ。興味があったハズでしょう？　あの写真をなぜ他人《たにん》のアタシが持っていたのか、聞きたくはないの？」

そう言ってハヤミの様子を見た。ハヤミはその話に、息を吐いた。そして答え言った。

「それは君《きみ》のプライバシーに関係をした話になる。それで、オレに何を求める。そして何が知りたいのか。話を整理してからオレの元《もと》に来てくれ。でなければ、余計《よけい》な話をしてしまいそうになる」

言って、席を外し歩いた。そして片隅に腰を落として、まるで鏡のような熱の反射板を持つストーブの点火作業を行なった。青い炎を確認して、ダイヤル調整を行なったのちに、ケトルを持って本堂の奥に歩き進んだ。床のアイハラツグミは、ハヤミナオユキの行動に首を振り、思った。勝手にストーブを点けて。ツグミは理解ができないからだった。おもいきって尋ねてみよう。腰を上げた。直後にセイイチロウを思い出して驚いた。戸惑いが起こった。ハヤミナオユキを前にして、話がしたい。だけど、セイイチロウを忘れることもできない。そんな二人《ふたり》とツグミが出会ったのは、三年前のほぼ同時刻《どうじこく》だった。

あれは三年前の夏の日で。ツグミは実《じつ》の両親《りょうしん》を求めてハヤミ家《け》の大きすぎる二階建ての長屋門を見た。怖気《おじけ》づいて、迷っていた。そこに恐《こわ》い顔をしたツガワセイイチロウが声を掛けてきた。ツグミを不審者も同然な扱いをした。そこに門の奥から、ネコを抱《かか》えたハヤミナオユキが現れた。ツグミにとって救《すく》いの人物《ひと》に思えた。そんなハヤミナオユキの側に、ツガワセイイチロウがいた。ツグミは近づくことも声を掛けることもできなかった。それでも一度《いちど》だけ、ハヤミナオユキに直接、親のことで訴《うった》えた。

『両親のことを知らずに生《い》きていける人間《ひと》なんて、いないわ』そう言ってツグミは、ハヤミナオユキを理解できなかった。知りたいと思った。その機会《きかい》は巡《めぐ》ってこなかった。あれから三年の月日が流れた。そしてツグミは白梅《しらうめ》の花香《はなかお》るハヤミナオユキを見た。胸の高鳴りを知り恥ずかしさに逃《に》げだしていた。耳にした時刻《じこく》よりも早すぎると感じたからだ。そこをにわかに騒がしくなった。寺の和尚様《おしょうさま》の元《もと》に神社の宮司様《ぐうじさま》が声を掛けられたからだ。ツグミは顔を引っ込めた。騒ぎが遠退《とおの》いて行った。そこに奥方《かた》さんの声が言った。『緑茶を入れて顔を出してくれないかしら？　あなたに紹介をしておきたい方がいらっしゃるから』。言われてツグミはお茶を入れた。そして目線の先に輝《かがや》く水柱《みずばしら》の前《まえ》で佇《たたず》むハヤミナオユキを見た。足が竦《すく》んで動かなかった。手のトレーが消えていた。そしてツグミはセイイチロウが連れてきた女性として紹介をされた。そこにハヤミナオユキは依然《いぜん》としてツグミを避《さ》ける態度を示した。ツグミは息を吐いた。出来事を走馬灯《そうまとう》のように振り返り、疲れを感じたからだ。そこに話し声が近づき言った。

「凍《こご》えそうに寒いぞう」

「親父、ストーブを点けてくれ。風邪をひきそうだ」

セイイチロウはそう言って、本堂の表階段から中《なか》を見た。そこにハヤミの姿はなく、代わりのようなアイハラツグミに尋ね言った。

「ここで何をしている」

そう言って、びしょ濡れの身体に、クシャミをした。本気《ほんき》で風邪を引きそうだった。そんなセイイチロウを母が呼び、続き言った。

「ちょうどよかったわ。今、お風呂が沸いたところだから。さっさと入ってきちゃいなさい。ほら、オキノケイスケ君《くん》も、一緒に入りなさい。文句を言わずに駆《か》け足《あし》ッ。薙刀《なぎなた》で追い立てるわよ。さっさと行きなさいッ」

そう言って、びしょ濡れの二人《ふたり》を本堂の奥に、追い払ったのだ。そして住職に声を掛け、続き言った。

「いいわよね？　アナタ。お風呂くらい？　身体を壊して寝込まれるよりはマシです。それに、むしろ忘《わす》れたワケでもないでしょうね？　セイイチロウは先月、過労で入院をしているんですよ？　それを忘れないでください」

そう言ってツンとした、趣《おもむき》を奥に向けて、離れて行った。住職は肩で大きく息を吐いた。奥方に、言われては反論すらできないからだった。住職はストーブに気づいた。温《あたた》まりながら尋ねた。

「誰が、このストーブに火を入れた？」

そう言って周囲の者に目を向けた。南のアズミタカシは首を振った。神社の宮司は肩で否定をした。黒髪のアイハラツグミは首を振った。ではいったい誰が、ストーブに火を入れた？　そして住職は、さらに思った。ここに集まった者たちは、すでに三年前からの顔見知りだった。何が起ころうとしているのか。それはまだ、分からない。しかしそこに大自然《だいしぜん》のエネルギーが関係をしていることは、明白《めいはく》だった。でなければ東西南北を守る獣神が、みごとに揃うハズもないからだった。ストーブの上《うえ》にケトルが置《お》かれて、住職はハヤミナオユキを不思議な感じで見つめた。離れ行きハヤミナオユキは、黒髪の女性に声を掛けた。

「寺の奥方さんが君《きみ》を呼んでいる。洗たくものを、手伝ってほしいそうだよ」

言って笑みを浮かべた。黒髪のアイハラツグミが慌てたように足音を立てて、本堂の奥に走って行った。気にした様子もなくハヤミナオユキは本堂の祭壇にお供え物を置いて、一歩下がり、改まるように合掌をして、一礼《いちれい》をした。それを見てしまった住職は、ありえないことだと、神社の宮司《ぐうじ》を見た。宮司の指が、額《ひたい》の中央を示して、住職に頷《うなず》いた。住職はまさかと思った。しかし若君の行動はそれを上回るほど不自然な現象に見えていた。そして住職はそれを見た。笑みを浮かべた若君の手に錫杖《しゃくじょう》が現《あらわ》れて、澄《す》んだ音色《ねいろ》に身体の動きを止められた。それは神社の宮司《ぐうじ》も動けないらしく。改《あらた》めてハヤミナオユキを見た。錫杖《しゃくじょう》を頭上《ずじょう》にして、握《にぎ》り返《かえ》したのだ。住職は思い出した。『自分《じぶん》を手放《てばな》した方《ほう》が楽《らく》だ』幼き若君が口《くち》にした本心が、実行されようとした。そこに宮司の声が叫んだ。

「アズミタカシ。ユキを止めてくれ！」

そう叫び訴えた。そして住職は見た。今にもハヤミナオユキの身体を貫《つら》ぬかんとして振り下ろされる錫杖《しゃくじょう》が炎に包まれ、消えた。その身体が崩《くず》れゆく……を見て、住職は走った。すべり込みにして、若君の身体を受け止めていた。そして周囲を漂う気配を感じた。そこに宮司の制《せい》した声が言った。

「何を寝呆《ねぼ》けている。さっさと〝鎮《しず》めの儀式〟を始めてくれ。でなければ再び、厄介なことになるぞ」

言いながら宮司の腕が動き、ハヤミナオユキの身体を仰向けにして、床《ゆか》に整えた。そして、その額《ひたい》を確認したところ、浮《う》き出《で》るハズの印《いん》が今はなく、解《と》けていたのだ。それを知った寺の住職は慌てて、儀式の用意を整え始めた。南《みなみ》のアズミタカシは、それらを見ていた。すでに三年前の夏の出来事から顔馴《かおな》染《じ》みになる神社の宮司《ぐうじ》（塾長先生）がハヤミに何をするのか。アズミタカシはそれを見た。宮司の手の平がハヤミナオユキの両目を覆い隠して、強い意味を持つ言葉を告げた。

「ハヤミカズマサ・ナオユキ。その意味の名《な》を、この器《うつわ》に封印《ふういん》をする」

言霊《ことだま》の作用に気配が流れた。円を描き一点に集中をして、目映《まばゆ》い光りを発した。黄金色《こがねいろ》の光りは精神エネルギーの霊気《オーラ》だった。その光りが小さく落ちついてゆき、ハヤミナオユキの身体がそこに横たわっていた。アズミタカシは首を振った。寺に来て、さまざまな出来事が起こりすぎて心《こころ》の整理《せいり》ができずに困るからだ。そして思《おも》い返《かえ》した。オキノケイスケといい、寺の息子のツガワセイイチロウの意地《いじ》の張《は》り合《あ》い（チャンバラ）には驚いたが、ハヤミナオユキの不自然な微笑《びしょう》や行動が起こった。そして己《おのれ》の身体を貫《つらぬ》こうとした。アズミタカシは床に座り込んだ。理解に苦しみ、分《わ》からないことが起こりすぎていた。そして、すべての答えは、長々《ながなが》として続《つづ》きそうな〝儀式〟が済んでからになりそうだったからだ。

そんなアズミタカシは本堂の高い桝目《ますめ》の天井を見て、横の板壁《いたかべ》を見た。寺の檀家《だんか》らしい名前が書かれた紙が、たくさん貼《は》られていた。そんな本格的な寺の雰囲気《ふんいき》に疲れて、息を吐いた。そして、自分事《じぶんごと》を考え、思った。

アズミタカシは新興住宅地の南小学校に通い、校区内の中学校に入学をする頃になり。見渡《みわた》すかぎりの田畑が並ぶ田舎町《いなかまち》を知った。二歳年下《にさいとしした》の妹は、中学校を嫌がり市内の私立《わたくしりつ》に合格をして電車で通っていた。その頃から妹の様子が余所余所《よそよそ》しくなっていた。アズミタカシは妹の心《こころ》の変化《へんか》に気付けなかった。そしてタカシが高校に通い、竹刀《しない》を振《ふ》った剣道の試合会場で、それは起こった。なんの前《まえ》ぶれもなく妹に唇《くちびる》を奪《うば》われていた。何が起こったのか、分からなかった。好きと言って妹は、離れなくなった。家の自室にカギを付けた。夜も寝静まった頃に腕《うで》の違和感に気付いて、目が覚めた。そこに妹の顔があった。アズミタカシは渾身《こんしん》の悲鳴を上げた。両腕を縛られ身体を蹂躙されて、すでに隠し通せなくなっていた。父の手助けを受けて、アズミタカシは家を出た。そしてアパートから通学をするようになった。そんな高校二年の八月二日《はちがつふつか》の昼下がりだった。道《みち》ばたの赤いペンダントを拾った。直後にしてハヤミナオユキの顔が浮かび視えて、心の底から熱い炎を感じた。その思《おも》いを寺のツガワセイイチロウがブッ壊《こわ》した。そしてツガワが言った。『妹の元《もと》に戻ったらどうだ』などをぬかした。心の底から怒《いか》りと悔《くや》しさを感じた。月日が流れて妹が大学受験の勉強で、気にしているヒマもなくなった昨年の秋口の頃に、アズミタカシは新興住宅の元《もと》の自室に戻った。しかし、わだかまりのような感情が心にあった。目を閉じれば感じるエネルギーのような赤い光が、アズミタカシをよりいっそう苦しめた。神社の塾長先生は、その赤い光を精神エネルギー、霊気《オーラ》だと答え教えてくれた。しかし塾ビルに通うつもりはなかった。その神社にツガワセイイチロウが通ってくるからだ。それらの憂《う》さ晴《ば》らしのように木刀《ぼくとう》を振《ふ》り、ハヤミナオユキをチャンバラで追い掛け回した。そんなハヤミ家《け》で食べる料理やオヤツの味が個性的で、身体が素直に喜ぶ満足を知った。そして庭の鯉たちにエサをあげたりして、笑える時間《とき》を過ごした。そんな今年《ことし》の正月《しょうがつ》明《あ》けだった。炎を纏《まと》った赤い鳥が現れて、アズミタカシを責め立てた。すべては赤《あか》い色《いろ》で繋《つな》がっていた。

アズミタカシの前に現れた、南《みなみ》の朱雀《しゅじゃく》。心《こころ》の底にあった赤い光。そして三年前に拾った赤いペンダントの元《もと》の持ち主が、ハヤミナオユキだった。つまりことの始まりは、根源となるものがハヤミナオユキに辿り着いてしまうのだ。それらの説明が聞きたくて、アズミタカシは寺の本堂を訪ね来た。そこを色々とした出来事が起こり、今《いま》を待《ま》たされた状態だった。そこにオキノケイスケとツガワセイイチロウが風呂上がりの顔色で戻ってきた。オキノケイスケがハヤミを見て、言った。

「なんだ、眠《ねむ》っているのか。まあいいか。

言ってセイイチロウを見た。セイイチロウは寺に来る途中の話を思い出して、オキノケイスケの意見に同意をして、答え言った。

「そうだな。今日はその話で集まったワケだし。まぁいいだろう。しばらく放っておこう」

言ってセイイチロウは思った。ハヤミは今朝《けさ》から少し変《へん》だった。冷《さ》めた微笑を浮かべたり座敷童子のときは助けてもくれなかったし？　少しは痛い目に逢えばいい。そう思い、首を振り否定をした。ハヤミに何が起こったのか。それを気にしてセイイチロウは、拗《す》ねた感じのアズミタカシに声を掛けて、言った。

「何があった？　……少しは喋《しゃべ》れよ？　つれないヤツだな、お前は？」

そう言って軽く、気を使ってやった。アズミタカシが腕《うで》を払《はら》い、声を上げた。

「さわるな。気持ち悪いッ」

アズミタカシはそう言って、首を振った。塾長先生の声がした。

「さきほどは名指しをして、すまなかった。アズミタカシ君《くん》?」

そう言って腰を落とし、アズミタカシを見つめた。優しい笑みが広がり続き言った。

「ありがとう。おかげで助かったよ。話があるなら私を訪ねて来なさい。できるかぎり応《おう》じるとしよう」

そう、言ってくれたのだ。アズミタカシは腰を上げた。アズミタカシは元々《もともと》、目立つほうではないので、円陣《えんじん》の空間《くうかん》を取《と》り、あえて身を引き腰を下ろした。その右手奥に位置をして、今は物静かに眠るハヤミナオユキの顔が見えた。アズミは思った。大事《おおごと》にならずに済《す》んで良かった。アズミは心からそう思った。そして投げ広げられた中央の古《ふる》い巻《ま》きものを前にして、話し合いが始まった。それは今から時《じ》代《だい》を溯《さかのぼ》り、三百六十年前《さんびゃくろくじゅうねんまえ》の……。江戸時代の初期の頃の……。戦国の世の、気の遠くなる話だった。

アズミタカシは息を吐いた。そこにオキノケイスケが発言をした。

「だから、こうなった原点《げんてん》。その根源《こんげん》が何なのか、分かってて喋っているんだろうなぁ?　でなきゃ、すべてがマヤカシに聴こえるぞ」

言って寺の住職と神社の男を見た。この場《ば》の大人《おとな》は二人《ふたり》だけなので、ケイスケは続けて尋ね言った。

「どうなんだよ?　調べて何も出てこなかったのか?　いつも暇そうにしてて……」

そう言って首を振った。頼りにならない。そう思ったからだ。そこにツガワセイイチロウが重く呟いた。

「考えたこともなかった」

そう言って、ハヤミ家《け》の六《むっ》つの箱宮《はこみや》に祀《まつ》られた、十二名《じゅうにめい》の武士を思った。ハヤミ家《け》の原点となるその武士たちが、どこからやって来たのか、セイイチロウはそこまで深く、考えたこともなかったからだ。そこに神社の塾長先生が申し訳なさそうに息《いき》を吐《つ》き発言をした。

「そのことについて、なのだが？　過去の資料《しりょう》やら古文書などを調べてみたところ、ハヤミ家《け》が誕生をする以前の文献が、何ひとつ残されてはいない。現存をするものは家分《いえわか》れをしたあとの、記録として書き記されたものだけだった」

そう言って、寺の住職を見た。住職は、宮司の救いを求めるような視線で話を振られては、困り顔を指先で掻いた。そして諦めたようにして、発言をした。

「そもそものハヤミ家《け》の初代の当主が、問題の武士の息子になっておる。ゆえにワシに聞《き》かれても分《わ》からん。初代当主の父親である十二名《じゅうにめい》の武士たちが、どこから渡《わた》り歩《ある》いてこの地《ち》に辿《たど》り着《つ》いたのか。ワシはその時代にまだ生《う》まれておらんからのう？　昭和時代後期《こうき》生まれのワシらにそれを尋《たず》ねてくれるな。頭《あたま》が変《へん》になりそうだわい？」

そう言って息を吐いた。皆《みな》の緊張が一気《いっき》に崩れた。そんなだらけたなかで、アズミタカシが一人で考え込んでいた。ツガワセイイチロウはそれに気付いて、声を掛けてみた。

「アズミタカシ？　どうした。何か気になることでもあるのか？」

そう尋ねて、身を翻《ひるがえ》し腰を上げげた。何も答えてくれない。それが分かっていたからだった。オキノケイスケはツガワを見て、席を立ち、尋ねた。

「おい、どこに行くんだ？」

そう言った。オキノケイスケに、ツガワセイイチロウは何となく答え言った。

「ハヤミがそろそろ目《め》を覚《さ》ますと思ってな。水を取りに行くんだ。お前も一緒に来るか？」

そう尋ねてオキノを見た。オキノケイスケが明るい顔で、行くと答えた。それを見たセイイチロウは軽くグチリ、言った。

「喜ぶな。バカッ」

そこにオキノケイスケが笑って言い返した。

「お前だって、満更《まんざら》でもないクセに。聴《き》いたぞ？　先月、入院をしてたんだってな？　知《し》らせてくれれば見舞いの桃缶を、差し入れてやったのに。水《みず》くさいぞ？」

「あのなぁ。オレは疲れて入院をしていたんだ。それにだ、ケイスケ？　見舞いの品を桃缶だと決めつけるのはやめてくれ。病室にポツンと桃缶。あれってけっこう恥ずかしいぞ」

「ん？　そうかな？　オレの祖母《ばあ》ちゃん、好《す》きだぞ？　桃缶」

「オレは、お前んちのお祖母《ばあ》さまではない。一緒にするなよ。ボケッ」

「ああ、桃缶をバカにしたな。役に立つって、ぜったい」

「ハイハイ、そのうちにな？　気の遠くなりそうな話だ。行くぞ？」

そう言ってケイスケを誘った。そしてセイイチロウはオキノケイスケと二人して、本堂の外回廊を奥に歩き進んだ。寺の住職は、そんな息子のセイイチロウを見送った。そして神社の宮司を見て、親として気心《きごころ》も恥ずかしい感じで言った。

「二十歳《はたち》になったというのに？　いやはや恥《は》ずかしいかぎりです」

そう言って軽いおじぎをした。神社の宮司はそんな住職を見て、呆《あき》れにも似た己《おのれ》の感情に首を振りながら答え言った。

「いえ、むしろ私は感心を覚えました。桃缶《ももかん》ですよ？　あれは非常食として役に立ちます。それを私は二人の会話を小耳に挟んで、気づかされましたよ？　それはなにぶん分《わ》かっていたつもりでも、よくは理解ができていなかったしだいです。それにハヤミ家《け》の言い伝えによれば、人間《ひと》に必要なものは三《みっ》つです。水と空気と食べもの。そして人間《ひと》が生きる環境として選んだ場所が自然界です。なのに私は、それらを忘れて、その先の〝変事あらば身をもち証明いたそう〟その下《くだ》りばかりを気にしていました。いわゆる灯台下暗《もとくら》しで実《じつ》のところは何も見えていなかったのです。恥ずかしいかぎりです。恐縮をいたします」

言いながら手を突き、頭を下げた。それを見た住職は頭を下げながら、答え言った。

「いえこちらこそ。もってのほかです。頭を上げてください」

言って住職は、宮司の笑みを見た。そして、そんな宮司の気づかいを受けて、住職は肩で息をした。そして言った。

「まったく、あんたという人間《ひと》は。ワシをからかわないでくれ。命が縮むわッ」

そうグチリ言った。そして住職は、さきほどの話を考えた。水と空気と食べもの。それらは人間《ひと》にとって欠けてはならないものだった。そして、決断をした。

「よし。町にお触《ふ》れを出そう。何か起きてからでは遅いからな」

言いながら立ち上がった。それを宮司の腕が止めて、尋ねながら言った。

「どのような触《ふ》れを出すつもりだ？　まだ何も分からないこの状況下で？　一歩間違えれば町の住人たちを混乱させるだけで終わるぞ」

言って、住職に座るように促した。そして続き、説明を兼《か》ねて言った。

「それにだ。今年の四月に気をつけろと告げられて、何をすればいいのか。それを話し合うためにスケジュールの調整をして、ここに集まったハズだ。それを一人《ひとり》で勝手に、先走《さきばし》りなマネをしないでほしい。頭が混乱を起こしそうで、考えが何ひとつ纏《まと》まらなくなりそうだ」

言って息を吐いた。寺の住職は、そんな疲れた宮司を見て、反省の色を浮かべた。そして物静かに、どうするかを考え始めた。そんな大人《おとな》が二人して、深刻な顔で考えるところを、アズミタカシが手を上げて、発言権を求め、言った。

「少し話を、よろしいでしょうか」

言って、目を向けた二人の大人を相手にして、アズミタカシは尋ね言った。

「あのですね？　つまり、三百六十年《さんびゃくろくじゅうねん》という気の長い歴史を持つハヤミ家《け》の、その話からずっと聴いていて思ったことがあります。つまりそれは、この町の歴史を指すものだと思って、いいものなのでしょうか？　この町の歴史はハヤミ家《け》と共にある？　そう考えて、よろしいのでしょうか？」

　そう言って、二人《ふたり》の大人《おとな》を見た。そこに、互いの顔色を確認した大人が二人して首を振り、アズミの話を否定したのだ。そして手を上げた神社の宮司が側に来て、アズミタカシに説明を兼ねて、言った。

「例《たと》えばの話をするよ？　そう、例えば日本神話に出てくる八又《やまた》のおろちの話と、実際の歴史の話は、同じものだと、考えるかな？　少し、首《くび》を傾《かし》げてしまうよね？　それは、人間《ひと》の目に映る歴史と、そうではない伝説とに、分類をされているからだよ。つまり、町の歴史は住人たちの目《め》に映る、実際に起こった記録であり、ハヤミ家《け》の歴史は人間《ひと》の目に映らない、伝説として語り継がれてゆく。そのふたつの歴史は互いに引きつけ合い、交差《こうさ》をする。しかし決して混《ま》ざることなく再び、分類をされる。今回の話はちょうど、交差《こうさ》をしている状態なので、着眼的錯覚を起こしてしまったようだね。つまり、正しくはないけれど、間違いではない。時《とき》の双曲線《そうきょくせん》なのだよ。セイイチロウのときは、その言葉を割愛《かつあい》にされて、アナグラム的な説明をメチャクチャにされてしまったけれどね？　つまり、現実の世界と、夢の世界。そのふたつがよりそい交差《こうさ》をした瞬間に、希望《きぼう》が生《う》まれる。現実の世界で、夢を語り、明日への希望を目差し歩いてゆく。時《とき》の双曲線《そうきょくせん》。夢や希望を忘れて、現実の世界ばかりを視ないことだよ？二十歳《はたち》の青年、アズミタカシ君《くん》？」

　そう言って、神社の宮司はアズミタカシを軽くねぎらい、足元を返した。そんな塾長先生の存在を見て、アズミタカシは思った。時《とき》の双曲線《そうきょくせん》？『現実の世界ばかりを見ないことだよ？』そう言った塾長先生を思い出して、アズミタカシは息を吐いた。なにしろ、それまで耳に浴びせられてきた言葉の逆だったからだ。『現実を見ろッ』『夢のようなことを言わないでちょうだい』『目先の現実《こと》に集中をしろッ』――そんな、すりこみのような言葉を受けてアズミタカシは生《い》きてきた。すでに夢や希望は別のものとして処理《しょり》をして、目に映る現実の世界のなかで生《い》きてきたからだ。そんな、誰も教えてくれなかった塾長先生の話を、思い出しながら、今回の出来事を考えてみた。

赤いもので繋がった出来事の先に、ハヤミナオユキがいた。そのハヤミ家《け》の話は伝説として受け継がれてゆく。伝説のその先に何があるのか、分からない。ただ、感覚として分かることは、実際に何かを始めなければならない。そんな気がした。そこに寺の住職の声がした。

「アズミタカシ君《くん》？　少し、いいかな？」

そう言って住職は軽く間《あいだ》を取り、対面的にして腰を下ろした。そしてアズミタカシに謝り言って、続き話を始めた。

「悪かった。世《よ》の中《なか》というものは、あやふやな場面が多くて、実《じつ》のところ、これといった答えはないのだよ。それでも人《ひと》間《い》は生きてゆかなくてはならない。そこで、悪《わる》あがきのようなことを行《おこな》おうと思う。まずはこれを、見てほしい」

そう言って住職は、アズミタカシの前に一《ひと》つの巻き物を解き、慎重にして広げた。そして呟くようにして説明を始めた。

「これは元始《げんし》の光りと闇を示す、陰陽太極《いんようたいきょく》の図《ず》。見てのとおり二《ふた》つ巴《ともえ》に存在をするもので、万物の象徴であり、すべてのことわりを表わしている。それをまずは念頭に置いて、次に、こちらを見てほしい。

これは、陰陽五行法において京《きょう》の都《みやこ》の見本となった地相《ちそう》を取り入れた、守りの結界を表わしている。北の玄武《げんぶ》、南の朱雀《しゅじゃく》、西の白虎《びゃっこ》、東の青竜《せいりょう》。これらの獣神の力《ちから》を借りて、町に守りの結界を再現しようと思う。しかし実《みの》りの時期を外《はず》れておるので、まだ寒い冬のこの時期では自然界の力《ちから》が弱い。そのために、お願いをしますでは済まないのだよ。そこで、炎の赤い鳥の力《ちから》を増幅させて、町に注ぎ込んでもらいたい。四方《しほう》から注ぎ込まれる力《ちから》を中央で結び、ドーム型の結界を張る。それは我々、大人《おとな》の役目となるので、君《きみ》は中央の指示に従《したが》ってもらいたい。力《ちから》のバランスがもっとも重要となるので、素直に了承をしてもらいたい。事《こと》の流れは以上となるが、次は君《きみ》自身について、やってほしい話をしよう。心の準備は、いいかな？」

そう言ってアズミタカシを見た。そして巻《ま》き物《もの》を慎重に扱い閉じて、紐の封印をした。アズミタカシはそれを見て、掻《か》い摘《つま》んだ話よりも学校の歴史の授業で学んだ、四神相応の図を頭に思い浮かべた。古墳時代の高塚で、壁の挿し絵として残る写真のデータが印象的で、憶えやすいと思ったからだ。それを念頭に置いて、アズミタカシは答え言った。

「ハイ。大丈夫です。先を話してください」

そう言ってアズミタカシは、やるべきことの説明に耳《みみ》を傾《かたむ》けた。寺の住職が改まるようにして姿勢を正して、その旨《むね》をアズミタカシに伝え言った。

「それでは話そう。これより三十日間《さんじゅうにちかん》を、自宅にて水行《みずぎょう》をやってもらう。そして心を強くしてもらいたい。理由は一《ひと》つある。私の息子のセイイチロウや西のオキノケイスケ君《くん》のように惑わされないために、その精神力《りょく》を強化して、獣神の力《ちから》をコントロールしてほしい。……そんなに呆《あき》れて難《むずか》しい顔色《かおいろ》をしないでほしい。ワシは本気《ほんき》の話をしている。ワシの本音《ほんね》は滝行の推選《すいせん》をしたいところなのだが、なにせ冬空《ふゆぞら》の下《した》では酷《こく》なことだと思いを直《なお》してな？　あえて自宅での水行《みずぎょう》を君《きみ》に、教えようと思うのだよ。心の準備は、いいかな？　アズミタカシ君《くん》」

言ってアズミタカシを見た。アズミタカシは息を吐いた。そして、滝を思い出した。二人分《ふたりぶん》のタオルと着替えを持ち、林の先に水流《すいりゅう》の輝く滝があった。日中《にっちゅう》の気温《きおん》が五度《ごど》の冬空の下《した》を、冷たい滝に打たれる。思うだけで身震《みぶる》いが起こった。暖かいストーブの炎《ほのお》を見て、アズミタカシは住職に、答え言った。

「その方法を教えてください」

あとは野《の》となれ山《やま》となれ。いずれにせよアズミタカシは、住職の口《くち》から流れる説明を受けて、その瞬《と》間《き》に腹を決めたのだ。そこに戻《もど》ってきたツガワセイイチロウやオキノケイスケに、負けていられない。そんな思いがあったのも、確かだった。セイイチロウの声がした。寺の住職がその質問に答え、四獣結界の話をしたと答えた。それを聴いたセイイチロウは父に答え、尋ねた。

「それで？　結界の中央になる黄《おう》の役目を誰が務めるのか、決まったのか？　親父」

言って、父を見て、思った。それは先週の日曜の夕刻に、ハヤミが寺を訪れたときの話で、ハヤミから尋ねられていたからだ。『中央の役目を誰がやるの？』そう言ってハヤミが地相図の中央を、指差した。人間《にんげん》という意味だった。それから日数が経ち、決まらないとは、中央の役目が重要視をされているということだった。そこに父がセイイチロウを呼んだ。セイイチロウに告げて言った。

「これは裏の滝でも話をしたことだが、本日より三十日間の水行《みずぎょう》で心を鍛えてもらうぞ。日程を考えても四月までに猶予はない。ギリギリの予定になるのだ。分かっておろうな？　セイイチロウ」

そう言って父はセイイチロウを見た。セイイチロウはその話に、納得をして答え言った。

「分かっているよ、親父。結界のコントロールがおいそれと出来るなんて思ってもいない。そもそも生《う》まれながらの神子《みこ》を務《つと》めるハヤミとは、ワケが違うからな？　どこまで可能になるのか、やってみるまで分からない。なので、この状況で、日程を押しつけないでほしい。気持ちが焦ってしまうだろう？　精神修行の坐禅を組もうってときに。獣神を相手にしなきゃならないオレのことは放っておいてほしい。心が乱れる」

そう言って、父の雲《くも》り顔《がお》を見た。セイイチロウは首を振った。そしてオキノケイスケに声を掛けて、言った。

「ところでケイスケ？　お前は大丈夫なのか？　自宅の風呂場での精神統一。ムリだと感じるなら寺に来ていいぞ？　一人《ひとり》も二人《ふたり》もそう変わらないから。頭に入れておいてくれ」

そう言ってセイイチロウは席を外した。オキノケイスケは、そんなセイイチロウがハヤミの側に腰を下ろしたのを見て、何となく思った。まぁいいか。黒髪のアイハラツグミをどうするのか、気にはなるが？　それはセイイチロウが考えることだった。そしてケイスケはアズミタカシに声を掛けて、尋ね話した。

「大丈夫なのか？　お前は。自宅で行《おこな》う三十日間《さんじゅうにちかん》の水行《みずぎょう》？　洗面器で水を三杯、頭から被り、身を引き締めて、湯船の中《なか》で、その日《ひ》にあった出来事を思い返す。その三十日のあいだは獣神の力《ちから》を、いっさい使ってはならない。その制限《せいげん》を、お前は守れるのか？　むしろ炎《ほのお》を操るお前がもっとも苦《くる》しいと思うぞ？　なぜならオレたちのように幼少《ガキ》の頃《ころ》からの付き合いがあるでもないし突然のようにして現れた不死鳥、南の守り手だもんなぁ。水行《みずぎょう》が明《あ》けたあとの、コントロールの段階になって、はたして力《ちから》を合わせられるのか？　オレはそこが気《き》になってくるし、不安にもなる。そんな仕上げの段階になって出来《でき》ないでは困るから、何かあったら電話を掛けてくれ。そういう話だよ？　アズミタカシ？」

言ってケイスケは、アズミタカシの拗《す》ねた様子を見て、息を吐いた。そこにハヤミの声がした。そしてケイスケは、ハヤミを見た。

寺の住職を前にして正《ただ》しく座《すわ》り、土下座のように頭を下げて、ハヤミが言った。

「神社の宮司より話を伺いました。その記憶がないとはいえ、多大なご迷惑をお掛けして、すみません。以後を気をつけますので、今後ともに、よろしくお願いをいたします」

謝罪の意志を述べ、深く頭を下げた。その場《ば》が静まりかえっていた。

ツガワセイイチロウは息を吐いた。そしてハヤミに声を掛けて言った。

「もういいだろう？　ハヤミ。お前は、媒体《ばいたい》のような体質をしているんだよ。それを気にしてどうする？　ここに集《つど》う人間《にんげん》の誰が、お前を非難できると思っている？」

そう言ってセイイチロウは周囲の人間《にんげん》を見た。神社の塾長先生。アズミタカシ。オキノケイスケ。そして父の、困り顔を見て。ハヤミナオユキを見た。そして続き、言った。

「お前はいつものように、のんびりとしていろよ？　ヘタに頑張《がんば》るようなマネをされたら、オレたちが付いていけなくなる。今回のことでは力《ちから》のバランスの問題になるので。生《う》まれつき媒体の神子《みこ》のお前は何もするな。代わりにオレたちが努力をして、お前のレベルまで意識を高める。それはお前がいつも風呂場でやっていることだよ。普通の人間《にんげん》は、そんなことを思ったりしない。メシ食《く》って風呂入《ふろはい》って寝《ね》る。一日《いちにち》の反省などおかまいなしになる。それが普通だ。だから、謝《あやま》らなくていい。お前はいつものように、のんびりとして。あの口癖《くちぐせ》を言ってくれよ。『何が知りたい』てな。その口癖《くちぐせ》が出ないお前は変に気持ちが悪い。まるで試されているような気分になるぞ？」

言ってセイイチロウは、ハヤミを見た。ハヤミは首を振った。そしてセイイチロウに、声を掛け言った。

「地下《ちか》のリュウミャクを、どうする。四方結界《しほうけっかい》の力《ちから》は地下には届かない。六年前の、方舟《はこぶね》のようにはいかない。そのときのテレビ放送で、予報士の男性《ひと》が言っていた。『ここは何もないです』。その瞬間にオレは怖くなった。人間《ひと》に捕《と》らえられてしまう。知られてはいけない。だからオレはすべてを呑み込んできた。怖かったからだ。自然の力《ちから》には逆らえない。逆らえば歪《ひず》みが起こる。だけど、オレの言葉を聴いてくれるなら、もう一度《いちど》尋《たず》ねる。地下《ちか》のリュウミャクをどうする。県内《けんない》が大変《たいへん》なことになる。止められるのか？　それを？　セイイチロウ、答えてくれ」

怯えて震えた。セイイチロウは頭を抱えた。突然の話が、分からない。そして側に来た塾長先生を見た。強い意思を込めた顔を見て、セイイチロウは場所を空《あ》けた。そしてハヤミナオユキは塾長先生に身体を支えられて、先《さき》に帰ってしまった。そんな二人が欠けた物静かな本堂のなかを父の声が突然に、言った。

「そうか。風水《ふうすい》だ。地下《ちか》のリュウミャクとは気の流れのことだ」

そう言って父は本堂の外回廊を奥に、走って行った。それを見たセイイチロウは思った。風水《ふうすい》か。忘れていた。首を振った。そこにケイスケが声を掛け、セイイチロウに尋ねた。

「ものすごく悪《わる》いけどさ？　とんでもない話を簡単に、説明してくれないか？　ハヤミが言ってた地下のリュウミャクとやらの話を？」

そう言って疲れた息を吐いた。セイイチロウは風水《ふうすい》を思った。すでに歴史から外れた話で、言い伝えだけが残る、占いのような話だった。

「分かった」

そう言ってセイイチロウは、古代仏教と共に日本に伝わった風水の話を始めた。

「まず最初に断わっておくが？　これはあくまでも心の持ちよう、占いの類《たぐ》いだと思ってほしい。科学的根拠がないので、風水については迷信《めいしん》に近いものが数多く残っている。例《たと》えばその一《ひと》つに、玄関に黄色いものを置けば運気が上がるなど、一般的に知られている人間《ひと》の都合《つごう》の話はこの際《さい》、除外《じょがい》にさせてもらう。なぜなら風水とは自然科学にもとづいたものになるので、森や風、海や太陽の日差《ひざ》しなどを思い浮かべてほしい。大自然における気の流れ、自然界におけるすべてのことわり、それらが太古《たいこ》の有《あ》りがたい仏《ほとけ》の教本《きょうほん》と共に日本に伝えられた、いわば陰陽道《おんようどう》になる。そのなかの地相《ちそう》を解《と》いたものを風水《ふうすい》と呼ぶ。そして今回のオレたちに関わる獣神の話は、その一部《いちぶ》だと思ってもらいたい。そしてハヤミが言った地下のリュウミャクとは、目に見えない大自然の気の流れを意味している。つまり、この下《した》、地面の下《した》を指す話になってくる。大地《だいち》が揺《ゆ》れ動《うご》く。そのことから昔の人間《ひと》は地道説を信じた。電子国際通信科学《コンピューターネットワーク》が存在しない大昔《おおむかし》の話だ。陰陽道《おんようどう》ですら百年前《ひゃくねんまえ》に廃止をされている。その陰陽道が一般的に広く知られて、もっとも栄えたところが江戸《えど》の初期《しょき》だといわれている。三百六十年《さんびゃくろくじゅうねん》ほど昔の話だ。そこに科学的根拠はない。ただ、自然界の流れは確かにある。春夏秋冬を例《れい》に上げても、一目瞭然だといえるだろう。そんな自然界を相手にしようとしているんだ。悪《わる》あがきだろうと何であろうと、試してみる価値はある。そう思うだろう？　オキノケイスケ。それにアズミタカシ。お前もだぞ？」

言ってセイイチロウはアズミを見た。アズミタカシは考えながら、発言権を求めた。そしてツガワセイイチロウに尋ね言った。

「その話が本当だと仮定をした場合、ハヤミ家《け》の三百六十年前《さんびゃくろくじゅうねんまえ》と陰陽《いんよう》がもっとも栄えたという時期が重《かさ》なるのではないのか？　オキノケイスケが気にした原点《げんてん》という時期に？　オレはそう考えるぞ」

言ってアズミタカシは、ツガワセイイチロウの驚く顔を見た。そしてアズミは思った。気づいてなかったのかよ。そして二人《ふたり》を見た。オキノケイスケがツガワセイイチロウに声を掛けて、不思議そうにして尋ね言った。

「その、廃止をされた時期が百年前《ひゃくねんまえ》だと言ったよな？　百年前といえば、あの西洋館《せいようかん》だよ。西《にし》の外《はず》れに出現をして、東《ひがし》のハヤミ家《け》と仲の悪い、イケガミシノブの家《いえ》だよッ。西《にし》の洋館《ようかん》が出現をしたのが百年前の明治《めいじ》の頃《ころ》だとオレは町の噂を聴いてガキの頃から知っている。そして東《ひがし》のハヤミ家《け》はこの町の守り神のような存在だ。それが昨年の秋の実りの時期に、ご神託《しんたく》を賜《たま》わる神子《みこ》のハヤミが錫杖《しゃくじょう》を落とした。それと何か関係があるように思えてくる。まるで因縁《いんねん》でもあるかのように。東のハヤミ家《け》と西のイケガミ家《け》の間《あいだ》に生《う》まれた諍《いさか》いの原因が、その廃止と関係があるように思えてくる。そんなイケガミ家《け》の謎を調べてみようと思うが。お前はどう考える？　ツガワセイイチロウ」

言ってケイスケは、考えるセイイチロウを見た。セイイチロウは息を吐いて、めんどくさい感じで答え言った。

「ああ、もう。オレの話に付《つ》けて足《た》したように次から次によく思いつくものだな？　しかし根本的《こんぽんてき》に、やるべきことを忘れないでくれよ？　三十日後の結界《けっかい》のコントロールを念頭において。それ以外のことに、オレはとやかく言うつもりはない。百年前だろうと三百六十年前だろうと調べたければ好きにしろよ。オキノケイスケ。アズミタカシ。今日《きょう》はこれで解散《かいさん》をしてくれ。よけいな話をして。オレは付き合いきれないぞ。話なら電話でいつも出来るだろう。あぁ、分かった。分かったよ。調べものに関する報告でも家族の悩みごと相談でも、何でも聴いてやるよ。うちの家業《かぎょう》は寺の住職だからな。町の住民の悩みごと相談役として、この先もずっと話を聴いてやるよ。だからさっさと帰ってくれ。鬱陶《うっとう》しいぞッ」

言ってセイイチロウは、本堂の木目階段を下《お》りる二人《ふたり》を見つめた。セイイチロウは思った。三年前にもハヤミを寺から、追い出していた。そして同じくして、アイハラツグミが絡《から》んでいた。それを思い出して、セイイチロウはアズミタカシに声を掛けて、言った。

「すでに分かっているとは思うが？　お前はもう少し気楽《きらく》に喋《しゃべ》ってくれ。話をしてくれなければ何も伝わらないだろう。調べものに関する報告でも何でもいいから電話を掛けてくれよ。待っているからな？　アズミタカシ」

そこにアズミの腕が、払い退けた。アズミタカシはセイイチロウの驚きに向けて、言った。

「お前と馴《な》れ合《あ》うつもりはない。オレはただ知りたいだけだ。他《ほか》に興味はない。失礼をする」

そう言って足先を靴に突っ込み、履《は》いた。そして歩き離れて一台の自転車を、走らせて、アズミタカシは去って行った。そこにオキノケイスケが自転車を押して言った。

「相も変わらずだな？　アズミの野郎は」

言いながら側に来て、首を振った。そして続き、セイイチロウに尋ねた。

「それで？　黒髪で戻ってきたアイハラツグミに、話をしたのか？　今回の一件を。四月《しがつ》に気をつけろという話を？　ハヤミのこともあるし。あの女性《おんな》に纏《まと》わり付かれたらハヤミが困るぞ？　ツガワセイイチロウ」

言って、セイイチロウの否定を見た。呆気《あっけ》に色づく顔をしたオキノを見て、セイイチロウは答え言った。

「オレはあの女性《おんな》がハヤミに影響を及ぼさないように、見張《みは》っていただけだ。最初はそうだった。それで責任を追及されれば仕方がないと思うし。変わりゆくアイハラツグミに心《こころ》を引《ひ》かれたのも事実だ。そんなオレを軽蔑《けいべつ》するか？　オキノケイスケ？」

そう言って、目を逸らした。オキノケイスケはその話について、何となく答え言った。

「別に？　オレはハヤミからは何も聴いてないし。それにハヤミ《あいつ》は今、それどころでもなさそうだし。たとえバレたところで、ハヤミ《あいつ》は気にしないと思うぞ。ハヤミ《あいつ》は常《つね》にマキさん一筋《ひとすじ》だったからな。それだけは、オレが保証をしてやる。だから何も気にするなよ。らしくないぞ。じゃな。セイイチロウ。西のイケガミ家《け》の一件で、分かりしだい連絡を入れてやるよ。またなぁ」

明るい声でそう言って、オキノケイスケが自転車を走らせた。姿が林の細道に、すい込まれて遠退いて行った。セイイチロウはそんなケイスケの話を思い出して、首を振った。ハヤミがマキさんに懐《なつ》いていたのは、誰もが知る事実だったからだ。そして踵を返した。

セイイチロウは本堂の木目ステップを登った。そしてストーブの消火《しょうか》をしようと思い、本堂の隅に目を向けた。なぜかすぐ近くにアイハラツグミの姿が目に映った。セイイチロウは驚いた。ツグミの怯《おび》えた目から涙が溢《あふ》れて身を隠し駆けだした。セイイチロウの手はアイハラに、届かなかった。そして走った。本堂の外回廊を奥に走り、渡《わた》り廊下《ろうか》のスノコ板《いた》を踏んだ先に、駆け入るツグミを見た。セイイチロウは住居《じゅうきょ》を縁側《えんがわ》から入り、奥に進んだところでツグミを引き戻し、強く尋ねた。

「なぜ泣く。何が気に入らないんだよッ」

言って、セイイチロウは座り込んだ。そして思った。今朝《けさ》の神社の女といいアイハラツグミといい、セイイチロウは振り廻されてばかりだったからだ。疲れた。そんな息を吐いたときだった。アイハラツグミが膝《ひざ》を突き、涙しながら謝り言った。

「ごめんなさい。ごめんなさい」

アイハラは弱気になり涙した。セイイチロウは黒髪頭を抱き寄せて答え言った。

「いくらでも泣けよ。聴いてやるから」

そして耳に届くアイハラツグミの泣き声は、じつに二年ぶりのことだった。


そんなセイイチロウは、母の驚いた顔を見て首を振った。そして母の足先が返り、離れて行った。しばらくは誰も来ないだろう。セイイチロウはそう思った。そこにアイハラが、落ちつきを取り戻したように呟き言った。

「マキさんには適《かな》わない。努力をしてもダメだった。マキさんのようになりたかった。どんなときでも微笑《わら》っていられるように。そんな女性《じょせい》になりたかった。なのにツグミ《あたし》は……」

呟き縋《すが》りついた。セイイチロウはそれを受け止めた。アイハラの黒髪をさすり、静かに宥《なだ》めた。ハヤミはマキさんを頼り、懐《なつ》いていた。家《いえ》の中《なか》で頼れる女性を求める。母を思い、父の行動を思い出して、素直にそれを認めた。セイイチロウの身体が押し倒された。肩を押さえ付ける腕の先に、アイハラツグミを見た。怒《いか》りに染まる目で見つめるアイハラツグミが言った。

「なに黙っているのよ。ツグミ《あたし》がこんなに苦しんでいるのに。どういうつもりなのッ」

怒りに見つめる目から、涙が落ちた。アイハラのどこにそんな力《ちから》があるのか。両肩を押さえつけられては動けない。セイイチロウは観念《かんねん》をして、アイハラにお願いをして言った。

「そこを、どいてほしい。空腹《くうふく》に重いから。頼む、アイハラツグミさん」

とたんに腹に痛みが伸《の》し掛《か》かり、アイハラの全体重がセイイチロウを押さえつけた。十《じゅっ》キロの米袋を四《よっ》つ乗せた状態が続いた。父の呼び声がした。

「どこにおるのだ。セイイチロウ！」

それを聴いた。セイイチロウは大声で答え叫《さけ》んだ。

「ここだ、親父い。来てくれえ」

そう叫ぶだけで精一杯だった。アイハラの体重移動で加わる膝《ひざ》の突《つ》きが乱暴に、腹部《ふくぶ》を痛めつけたからだ。父の驚いた声が言った。

「イチっ。どうした。腹《ここ》が痛いのか」

その声にセイイチロウは頷《うなず》き答えた。風呂で着替えた服を父の手が捲《めく》り、尋ね言った。

「赤くなっているぞ？　腹にケリでも喰らったのか？　セイイチロウ」

その父の声にセイイチロウは、頷いた。説明をするのが、億劫《おっくう》だったからだ。燃えるように感じる腹部の熱が思考を鈍らせていた。

双子の中学三年の兄弟が来て、毛布と枕を使用させてくれた。

「動くなよ、イチ兄《にい》」

上《うえ》のシゲノブが釘を指し、そう言った。セイイチロウは手《て》の平《ひら》で軽い合図を送った。その手を下《した》の弟《おとうと》のシゲハルが握り、不安な顔色で見つめ言った。

「すぐにお医者さん、来るからね？　イチ兄《にい》。しっかりしてよう」

泣きそうな声を上げた。セイイチロウは腹部《ふくぶ》の痛みを我慢して、シゲハルに答え言った。

「そんなに心配をするな？　黒くはなって、いないようだから。軽い打撲だと思う。しばらく側《そば》にいてくれ。熱に浮かされそうだ」

そう言って、一笑《いっしょう》をした。セイイチロウの身体を発する熱がひどく、沈《しず》むように眠《ねむ》った。


セイイチロウは翌日の昼すぎに、白い病室で目を覚ました。直後の医者の説明では、腹部《ふくぶ》の打撲による、検査入院を一週間だった。そして、母の注意を受けた。母が続き言った。

「そうね？　女性に手を出さなかったことは、ほめてあげます。だけど、乱暴で危険な交際だけは許さないッ。温厚《おんこう》で話し合いができる女性を探してあげます。それまで静《しず》かにしていなさい。分かったわね？　セイイチロウ」

母はそう、念を押した。なのでセイイチロウは、アイハラツグミがどこで何をしているのか？　その情報がまったく入ってこない。そんな病室のベッドの上《うえ》での日々を、読書をして過ごした。そして二月《にがつ》も残すところを一週間《いっしゅうかん》が迫り、セイイチロウは退院をもって寺の住居に戻った。その日《ひ》の夜から本格的に水を被り、浴槽のなかで思い返す一日《いちにち》の反省に、心を務めた。

そんなセイイチロウは日中《にっちゅう》を、大学に通い、遅《おく》れた課題に取り組んだ。そして家に戻り、水行《みずぎょう》をして、夜は早目に布団に入り身体を休めた。そして朝は早くから本堂にて、坐禅の精神統一を行なった。父は、そんなセイイチロウを見守り、三月《さんがつ》に入った頃合《ころあい》いをみて、町に噂を流した。それは春の防災意識週間の時期が重なったために、万《まん》が一《いち》の備えとして町に噂が流れた。そして昔《むかし》ながらの保育園の園長を務めて、小さな紅葉《もみじ》の手をいたわり、寺の住職は見つめ、思った。

　この笑顔を守りたい。けっして曇らせてはいけない。

　そう思い幼《おさな》い園児たちの元気な集団帰路を、温かい目で見送った。そして、家庭の事情で帰宅時間がズレる園児たちを呼び集めて、お釈迦さまの有りがたい話を始めた。

「それでは、クモの糸の続きを、話すとするかのう? 心の準備は、よいかな?」

　そう尋ねて住職は、元気に上がる紅葉《もみじ》の手を見た。そんな園児たちを前にして、話を始めた。

　二つ奥にして離れた教室からは、姪《めい》が教える小学生のピアノの音が、ぎこちなく流れていた。（まだ楽譜のとおりには弾けないので、そこはご愛敬にて）そんな田舎《いなか》の台地の里は、日中《にっちゅう》の子供たちを預かり、いずれは他界をして寺の墓に入るという昔《むかし》ながらの習慣を、今《いま》をも保《たも》っていた。その習慣になった謂《いわ》れは、ハヤミ家《け》の原点となった十二名《じゅうにめい》の武士たちが、村の女子供《おんなこども》の手助けをしていた。そのあたりの事情が絡んでいるのかもしれない。すべては言い伝えの話になるので、立証とは無縁なことのように時間《とき》は流れていた。

　そんな三月《さんがつ》の日曜の朝だった。電話では話しづらいと告《つ》げたアズミタカシ君《くん》が、昼すぎに寺の住居を訪《たず》ねてきた。三月《さんがつ》の雛祭《ひなまつ》りを過《す》ぎた日曜《にちよう》の午後なので、寺の境内を走り回る小学生たちの（座敷童子《ざしきわらし》もいるが）楽しそうな声が住居の座敷まで届いていた。そんななかを、アズミタカシが強い意思を持ち、住職に、尋ね言った。

「今回の、この身《み》に起こった出来事などを考えてきました。そしてバケモノ絡みのようにも感じる南の朱雀の赤い力《ちから》を。そこに穏やかな流れがあることを、この二週間《にしゅうかん》をかけて感じられるようになりました。その意思を受ける者として、昔話として調べた内容を聴いていただきたいのですが、よろしいでしょうか」

簡素に尋ねてメモ帳を手にした。住職は、そんなアズミタカシ君《くん》の話を聴いて、町の昔話を思い浮かべた。そして、答え言った。

「そうだな。前置きの挨拶はそのくらいにして、本題に入ろう。して、何を調べてきたのだ？」

そう言ってアズミタカシを見た。アズミタカシは困り顔をして、話に折れるようにして住職に答え、尋ねるように言った。

「はい。じつは、三百六十年ほど昔の歴史を調べるために、市内《しない》の史料《しりょう》館などを訪ね歩きました。そして今もその姿で保存をされている〝お城《しろ》〟の公開古文書《こうかいこもんじょ》のなかに、気になる記実がありました。その末代史料館《まつだいしりょうかん》の関係者の話はこうです。城《しろ》の完成がおよそ四百年前《よんひゃくねんまえ》、その二十年後あたりから江戸幕府《えどばくふ》に対して城《しろ》の修理に関する書簡が送られています。そのなかでも寛永十年《かんえいじゅうねん》（千六百三十三年）の地震《じしん》では、その翌年になり修復が始まっています。今の時代のような重機（ショベルカー）など存在しない江戸の戦国の頃の話です。頼れるものは人間《ひと》の手。そう考えた場合、この町が村《むら》だった頃の昔話に出てくる男手《おとこで》が消《き》えた理由も、想像がつくと思われます。反《そ》りが美しいで有名な〝お城《しろ》の石垣《いしがき》〟を人間《ひと》の手により修復をする。十数年《じゅうすうねん》の月日は掛かったと思われます。そんな寛永《かんえい》の頃といえば江戸時代の初期に当たります。占《うらな》いのたぐいの陰陽道がもっとも栄えた頃だと二週間前にこちら（寺の本堂）で息子さんから聴きました。つまり、すべては重《かさ》なります。辻褄《つじつま》が合ってしまうんですよ。実際の歴史と、その頃に栄えた占いの陰陽道が。ここからは、想像の話をします。つまり城《しろ》の石垣《いしがき》が崩れるほどの地震《じしん》を、止められなかった陰陽道の末裔。それがハヤミナオユキの本当の姿ではないのでしょうか」

尋ね言って、アズミタカシは息を吐いた。どうしてもそこに辿り着いてしまうからだ。陰陽道の末裔。

それに関してアズミタカシは改めて、住職に尋ね、言った。

「私は高校二年の夏を境《さかい》にして三年あまり、ハヤミナオユキを見てきました。そして町の秋祭りで行《おこな》われる神技のお告げを見ました。目隠しをしたハヤミナオユキが行《おこな》う、一年《いちねん》の吉報《きっぽう》を占《うらな》う姿に感銘を受けました。心が洗われる。あの瞬間に受けた感情をうまく言葉にできません。まるで全知全能の神を前にして心を奪われる。期待する感情だけで見つめていました。その澄《す》んだ音色《ねいろ》で我に返る。あの錫杖《しゃくじょう》の高鳴《たかな》る音色《ねいろ》が戒《いまし》めのように届きました。なのでミコだと教えられたらそうだと思います。山《やま》の神様が女《じょ》性《せい》なので、男《おとこ》ミコがそのお告げを受ける。町の男性《だんせい》からそう説明を受けました。しかしそのシステムが二十一世紀《にじゅういっせいき》の現代からかけ離《はな》れている。そう感じてしまいます。それと同じ感覚を受けます。ハヤミナオユキが陰陽道の末裔。その考えを否定するだけの教えをください。お願いをします」

言って頭を下げた。アズミタカシは現実世界《げんじつせかい》で生《い》きてきたからだ。夢や希望。伝説のたぐいはすべてがマヤカシに聴《き》こえる。今のままではダメになる。そう思うアズミタカシは声にして、住職に訴え、言った。

「町の、神子《みこ》としてのハヤミナオユキは認めます。パフォーマンスとして、占い師として、受け入れられます。だけど、実際に見てはいないものを受け入れることは、とても困難《こんなん》です。身体のすべてが拒絶をしています。イヤがっています。気持ち悪いです。助けてください。お願いします」

懇願《こんがん》をするように言った。涙目になるアズミタカシの頭に人間《ひと》の手が優しく触れた。寺の住職がアズミタカシを見つめ答え、言った。

「もうよいのだ。苦しめるものは何もない。すべては自然《しぜん》の流《なが》れにおいて、気の向くまま。足の向くまに歩《あゆ》んで行《ゆ》けばよいのだ。そこに己《おのれ》の意思があれば、前を向いて歩《あゆ》んでゆける。なにも不安などなかろう？　今回《こんかい》は迷《まよ》ったおかげで己《おのれ》を知ることが出来た。そうではないのか？　いずれにせよ、それも力《ちから》となる日《ひ》が来る。君《きみ》はとても強い。今日《きょう》までよく我慢《がまん》をしたね？　肩の力《ちから》を抜いて楽にしなさい。ワシが側《そば》に居《い》てあげるから。まずは横になり休んでいきなさい」

住職はそう言って、床の畳に誘った。アズミタカシは疲れた身体を横に倒した。何も考えたくない。それが正直な思いだった。寺の住職は冬《ふゆ》の毛布《もうふ》を持ち出して、アズミタカシの身体を温《あたた》かく包んだ。そして頭の下に枕を敷いてあげた。しばらくすれば元気になるだろう。思い住職は隣に続く襖を開《あ》けた。そして、筆を入れる途中だった卒塔婆《そとうば》を前にして座り、合拳をして一礼《いちれい》をした。

それは今月中旬の彼岸《ひがん》に合わせて用意をしているもので、供養のために墓石のうしろに立てる細長《ほそなが》い、あの棒きれだった。つまり、寺の住職《ヒコサブロウ》の有り難《あ》《がた》い内職なのだった。

『ねぇ遊ぼうよう。あははははは。ウン？』

住職《ヒコサブロウ》を困《こま》らせて遊んだ。そして逃げた。真実《しんじつ》の光りが怖かったからだ。そんな座敷童子《ざしきわらし》は裏手《うらて》にある古《ふる》い平屋《ひらや》を見た。そこでは読《よ》み書《か》きソロバンを教える学習塾《てらこや》が行《おこな》われていた。それらが終わる頃に、小学生たちの燥《はしゃ》ぐ声が寺の境内を走り回るのだった。その横を、中学生のお兄《にい》さんやお姉《ねえ》さんたちが困ったような呆《あき》れた顔をして、石段を下りて行った。子供の相手はムリ？　そんな顔をしていた。

ボク？　ボクはハヤミのお兄《にい》ちゃんのところにいたよ？　遊びに来てるんだぁ。

『ねぇ遊ぼうよう。遊ぼう。遊ぼう。あはははははは』

その笑い声を感覚として、住職は受け止めた。そして思った。童子《わらし》は元気にしておるのう？　思う住職は手の筆を、硯箱《すずりばこ》に戻した。そして童子《わらし》を思った。あの童子はナオユキ君《くん》の幼《おさな》き遊び相手だった。今は亡きハヤミ家《け》のお祖母《ばあ》さまと共に寺を訪れたときに、住職はナオユキ君から童子《わらし》を引き離した。代わりのようにして息子のセイイチロウが興味を示し、ナオユキ君《くん》の相手をするようになった。そんな経緯《いきさつ》があるので、住職は腰を上げた。逢魔《おうま》が時《とき》がやってくるからだ。仏滅《ぶつめつ》が重なる日《ひ》はとくに注意が必要だった。そして足を進めた。

住職は本堂から顔を出した。境内で遊ぶ子供たちに向けて、合い言葉《ことば》を伝え、言った。

「おおい、カラスが鳴《な》くから帰《か》えろう？」

そう言って帰宅を促し手を振った。そこに子供たちの明るい声がタイミングを合わせて、住職に返し、言った。

「分《わ》ぁかった。じゃあね。和尚《おしょう》さま。また今度《こんど》ねぇ」

そう言って、子供たちは手下げバックを拾い上げた。そして、林の道を行く者と、石段を下りる者とに分かれて、それぞれにして帰宅の途《と》について行った。そして住職は目の前の童子《わらし》に驚《おどろ》き、見つめた。童子が楽しそうにして空中《くうちゅう》を走り、消えていった。

『また遊ぼうねぇ』

そう意思を伝えた。童子が消えた方角が、東側だったので、住職は思った。いつになれば成仏《じょうぶつ》をしてくれるのか？　あの童子《わらし》はハヤミ家《け》の遠い先祖霊だった。そんなハヤミ家《け》では過去に二度ほど、双子が生まれていた。その分家筋《ぶんけすじ》の末裔《まつえい》となる最後の一人が、神社で宮司を務めている、ナオユキ君《くん》の名付け親だった。それを知る寺の住職はアズミタカシ君《くん》から出た末裔《まつえい》の話を聴いて、タイミングを外《はず》した。やはりそれがいけなかったのだろう。そう思う住職は座敷《ざしき》に足を進めた。そして腰を落として座り、アズミタカシを軽くゆり起《お》こした。アズミタカシは目《め》を覚《さ》まして驚き、飛び起きた。目覚《めざ》めたばかりで場所が、分からなかったからだ。初めて入った寺の座敷で、気持ちよく眠ってしまった。寺を訪《おとず》れた経緯《いきさつ》を思い出して、アズミタカシは住職を前にして腰を下ろした。そして会釈をして言った。

「すみません。何やらご迷惑をお掛けしてしまったらしくて。今日は帰ります。教えを整理したのちに改めて伺わせていただきますので、そのときはよろしくお願いをいたします」

それは剣道を習っていたアズミタカシの、心を込めた挨拶だった。そして立ち上がり、場となった部屋に一礼をして、足元を返した。住職はアズミタカシの潔《いさぎよ》い下がり姿に感心を覚えた。そして思った。礼義《れいぎ》正しく、あのようにして、張り詰めすぎては身体が保たない。大丈夫かのう？　そして息を吐いた。

セイイチロウの声がした。

「親父？　少しいいか？　入るぞ」

縁側を気にしながら、そう言って、座敷の父を見た。セイイチロウは腰を下ろした。素朴《そぼく》に感じる胸の内を、父に尋ねて言った。

「あのさ？　縁側《そこ》でアズミタカシを見たけど、何かあったのか？　三十日間の水行で、何か失敗でもしたのか？」

セイイチロウは父に、そう尋ねた。そして続き、父に言った。

「今のオレたちにとって大事なことだと思うぞ？　残り一週間で三月の中旬となる約束の日がくる。その日を境にして、本当の意味での結界を張る練習をしなければならないし。おいそれと人間《ひと》が獣神の力《ちから》をコントロールできるワケがないだろう？　そんなオレの不安な気持ちを理解してほしい」

そう言って腰を上げた。そして父を見て、寺の住職としての日課を注意して、言った。

「もうすぐ五時だぞ。釣鐘堂《つりがねどう》に行かなくていいのか？　シゲノブが代わりに梵鐘《ぼんしょう》を撞木《しゅもく》で打ち鳴らすと言っていたぞ？　親父。オレは母さんの手伝《てつだ》いで台所に行くから。日々のお務めを忘れないでくれ。じゃあな」

言ってセイイチロウは縁側を歩いて行った。寺の住職は慌《あわ》ただしく境内の釣鐘堂を目指し走った。なので、仏滅の日《ひ》はよくないことが起こりやすい。疲れる。（二千十六年《にせんじゅうろくねん》の四月《しがつ》の前震《ぜんしん》は、仏滅《ぶつめつ》だった）南妙《なんみょう》……。ゴ～ン。町に響く鐘《かね》の音《ね》と共に逢魔《おうま》が時《とき》へと暮れてゆくのだった。なので。闇《やみ》が来るぞ、早く家に入れ。ゴ～ン。南妙《なんみょう》……。鐘《かね》の音《ね》と共に読経が続くのだった。

そんな住職は寺の行事と合わせて半年先まで、すでに忙しい身の上だったりするのだ。そんな車移《くるまい》動《どう》の最中《さなか》に時刻《じこく》の余裕《よゆう》を見て、道路脇にゆっくりと停めた。そして携帯《けいたい》を取り出し電話を掛けた。アズミタカシから聴いた末裔《まつえい》の話を、ナオユキ君《くん》の父であるナオマサに説明をして、意見を求めた。そうしなければ心《こころ》が騒《ざわ》めいて落ちついて過ごせないからだった。ナオマサの声が電話を通し、答え言った。

「そうだな？　話としてはよく出来ている。だがしかし、その根源はもっと深い場所にある。原始《げんし》の光りと闇。すべてはそこから始まった。原始《げんし》世界の始まりがなければ存在もしてはいない。すべては無にと還る。それが人間《ひと》の所業《わざ》であれ自然界の流れであれ、同じ意味をもつ。それがこの世《よ》のことわり……。イヤ、何でもない。あと数日をしたのちに町に戻る予定だ。マキさんは、少し違うようだ。市内《しない》に住む母親の介護に専念をしたい。それがマキさんの願いだ。私はそれを叶えてやらなければならない。もう二度と会うこともないだろう。そのマキさんが心に案《あん》ずるようだ。ユキの側《そば》に居《い》た時間が長く続いたために情《じょう》が移《うつ》っていたらしい。そこでお願いをする。電話をマキさんに替わるので、ユキの話をしてほしい。マキさんがユキの側を離れて一《いっ》ヶ月《げつ》が過ぎた。そのあいだをユキに変化が現われたのかどうか。昔のように香りを使いユキを宥《なだ》められたのかどうか。額《ひたい》の封印《ふういん》を持つユキのことを知る人物だからこそ、マキさんにそれらの話をしてほしい。では、マキさんに電話を渡すぞ？　ヒコサブロウ」

電話の声が、そう言った。住職の名前だった。書類上の名前となり忘れていた。そう感じる住職の胸の内を、三十数年前の七《なな》つ年上《としうえ》だったマキお姉《ねえ》さんの姿が思い出されて、当時を振り返りながら十五歳のマキさんが書いた〝時《とき》の双曲線《そうきょくせん》〟を思い出した。傷ついても他人《ひと》を傷つけたくない。夢を持ち歩いていきたい。そんな慈愛の心を書いた卒業作文の内容だったからだ。なので住職は、あえて寺で起こった内容を伏せて、神子《みこ》としての助言などによりナオユキ君《くん》は元気にしている話を、簡単にまとめて、それを電話のマキさんに伝え言ったのだ。そして続き、現状報告として答え言った。

「なにやら一ヶ月ほど前は食べものが口《くち》に合《あ》わなくて、難儀をしておるとセイイチロウが弁当を詰めておったのだが。それもなくなり今は落ちついておるようだ。この前の二月の頃には寺の本堂の階段で、お弁当を広げて梅の花見をしておるようだった。陰《かげ》りな表情を見せるときもあるのだが、そこは礼義正しい若君の反省をした様子に、ワシらが困ってしまうほどでのう？　セイイチロウに、甘《あま》んじておるしだいになるワケです。まぁ相《あい》も変《か》わらずといったところでしょう。事件や事故もなく町はのどかで、子供たちの元気な声に囲まれていて、平和そのものといった感じです。なので、今のところは大丈夫そうです。気に病む必要もないと思われます」

住職は電話でそう言った。ほんの一時《ひととき》の間《ま》が空《あ》いて、厳《おごそ》かに恐縮《きょうしゅく》めいたマキさんの声が、答え言った。

「そうですか。若君さまがそんなことを？　お一人《ひとり》で、淋《さび》しい思いをなさっているのではと案じておりましたので。複雑な心残りはありますが、話をしていただき、ありがとうございます。いずれはそちらに、ご挨拶ともどもお伺わさせていただく所存にありますので。そのときはよしなにて、お願いをいたします。それではこの電話を若さま（ナオマサさま）にお返しをいたしますので、これにて失礼をいたします。ご無礼をお許しくださいませ……」

そう言って声が途切れた。何度も何度も頭を下げる様子が目に浮かびそうな内容だった。そう思う住職の電話を通してナオマサの声が不機嫌な感じで、尋ね言った。

「まだ私に話でもあるのか？」

そう言ってナオマサは窓《まど》の景色《けしき》を見た。冬の曇り空のなかを、スカイツリー電波塔《タワー》を見た。六百三十四メートルの鉄塔である。今ではさほど珍《めずら》しくもない。ただ、地震に対して本気で考えるようになった。その代表的建造物のひとつだといっていいだろう。この首都。関東平野はその昔、沼などが多い湿地帯だった。出身地である市内の平野も同様に、井戸を掘れば温泉が沸くように、町名《ちょうめい》などにも名残《なご》りを感じる（秋津、沼山津など）。そんな共通点を余《あま》すなかを地下のリュウミャクが繋がった。地下の大自然のエネルギーがその吹き出し先を求めて、さ迷っている。それが半年前《はんとしまえ》にマキさんが出した違和感の答えだった。

そして今回は、七十代《ななじゅうだい》の母親の世話で市内の東区に戻ると言ったのだ。ナオマサにそれを引き止める権利はなかった。なぜなら、ナオマサに告げたからだ。『県内が大変なことになる。お家一軒、丸ごとゴミになる』そう言って。それでも東区に戻ると願うマキさんの心の内に、逆らえないものを感じたからだ。ナオマサは電話で、ヒコサブロウに言った。

「何を黙っている。私は来月の初頭に、そちらに戻る。昨年の十月《じゅうがつ》から数えて半年後、それが二週間の後の四月《しがつ》だからだ。四月の何日になるのか。それは三日前にならなければ分からない。そのため〝花祭《はなまつ》り〟までには必ず戻る。アマチャを用意しておいてくれ。お釈迦さまにたっぷり、お願いをしてやる。町の住人《じゅうにん》を守ってほしいとな。大自然の力《ちから》を相手にするんだ。悪あがきだろうと迷信であろうと出来ることはやってやる。それに、町に結界を張るそうだが。その中央の人柱《ひとばしら》を私が務めよう。私はいつでも本気《ほんき》だ。全身全霊をもって務めさせてもらう。そのために、電話を切らせてもらうぞ。すべてはそちらに戻ってからだ。九州のド真《ま》ん中《なか》で六千人《ろくせんにん》を超える死者など出せるか。これが三度目《さんどめ》の正直《しょうじき》だ。二十一年前《にじゅういちねん》、六年前《ろくねん》、そして今回は必ず止める。五十人以下《ごじゅうにんいか》に抑《おさ》えてみせる。人間《ひと》の死《し》を喜ぶ趣味などない。それが私とマキさんの意見だ。放っとけッ」

そこで、電話が切れた。寺の住職はナオマサの話に首を振った。なぜなら人間《ひと》の力《ちから》で大自然《だいしぜん》の流れを変えることは出来ないからだ。何を考えている。ナオマサ。息を吐いた。そして住職は車を走らせた。寺に戻り思った。考えても始まらない。住職は本堂にて坐禅を続けるセイイチロウを見た。三月の中旬の頃だった。


（下巻へ続く）

著者プロフィール

堂夢 真子（どうむ まこ）

1969年生まれ、熊本県出身。
著書に『白いカラスとミコの護符　上巻・下巻』（2015年、文芸社刊）がある。

続編　白いカラスとミコの護符　上巻

2018年7月15日　初版第1刷発行

著　者　堂夢 真子
発行者　瓜谷 綱延
発行所　株式会社文芸社
〒160-0022　東京都新宿区新宿1－10－1
電話　03-5369-3060（代表）
03-5369-2299（販売）

印刷所　株式会社フクイン

ISBN978-4-286-19585-8